KB121852

미국인과 함께 살아온 한 청년의 미국에 관한 솔직 담백한 이야기!

SOFA 와
미국 바로
알기

이영호 지음

예신

저자 : 이 영 호

대학시절 문화관광부 산하의 각종 국제 행사에 참여하면서 일찍이 '세계화'에 눈을 뜬 저자는 주한미군을 대상으로 U.S.O. 통역 자원봉사 활동을 하였다.
현재는 사업가로 동남아시아의 여러 나라와 미국, 스페인 등 해외 출장을 다니면서 보고 느낀 것을 기초로 세계 여러 나라 사람들의 패션 비즈니스를 설명한 '머니 머니해도 옷장사가 최고'로 이름이 알려진 베스트셀러 작가이다.

SOFA와 미국 바로 알기

2003년 2월 20일 인쇄
2003년 2월 25일 발행

지은이 : 이 영 호
펴낸이 : 남 상 호

펴낸곳 : 도서출판 **예신**
140-896 서울시 용산구 효창동 5-104
대표전화 : 704-4233 / 팩스 : 715-3536
출판등록 : 제03-01365호 (2002. 4. 18)

값 8,000원

파본은 교환해 드립니다.
홈페이지 : www.yesin.co.kr
ISBN : 89-5649-008-2

미선, 효순이에 대한 추모를 담아 ……

2002년 6월 13일 훈련 중이던 미군 장갑차에 의해 '심미선', '신효순' 두 어린 여학생이 목숨을 잃는 안타까운 사건이 발생했다. 하지만 두 여학생을 치어 숨지게 한 미군 병사 두 명은 무죄로 인정되어 재판이 끝나자마자 한국을 떠났고, 사람이 죽었는데 죄 지은 자는 없다는 것에 대해 분노한 한국 국민들은 불평등한 S.O.F.A. 개정을 요구하며 광화문 촛불 시위를 하게 되었다.

한편, 미국은 사고 이후 조사를 거쳐, 장갑차 관제병과 운전병의 상관에게 지휘 책임을 물어 처벌하는 등 일련의 조치를 취하는 동시에 사건 당일 미8군 사령관 명의로 조의를 표했다.

같은 해 12월 2일, 토머스 허버드 대사가 부시 대통령 명의의 사과문을 발표하였다. 미군은 피해 가족에게 각각 1억 9,500만 원의 위로금과 군인들이 모금한 2만 2,000달러(약 2,600만 원)를 별도로 전달하였으며, 사고 재발을 막기 위해 앞으로 장갑차는 트레일러를 이용해 수송한다는 방침을 마련하기에 이르렀다.

그러나 '여중생사망사건범국민대책위원회(www.antimigun.org)'는 '책임자 처벌'과 '미국 부시 대통령의 직접 사과', 그리고 '불평등한 S.O.F.A. 개정'을 요구하며 '여중생사망사건범국민대책위원회' 대표단을 미국 워싱턴 백악관으로 보내 항의 시위를 했고, 청소년을 비롯한 많은 한국 국민이 S.O.F.A. 개정 요구 및 촛불 시위에 참여하였다.

아무리 양국의 법체계가 다르고 고의성이 없다고 하더라도 가해자와 피해자가 있다면 모두가 납득할 만한 합법적인 심판을 거쳐 구형을 하는 것이 민주주의 사회, 법치주의 국가의 면모가 아닐까?

우리는 이번 일을 계기로, 우리 자신을 한번 되돌아보고 우리가 해야 할 일과 반성해야 할 점은 무엇인지 생각해 보아야 한다.

미국은 우리의 적이 아니다. 미국과 한국은 친구이고 한국전쟁 때 함께 피를 흘린 전우이기도 하다. 소말리아에 UN 주둔군으로 있는 한국 군인들이 우리 한국의 젊은이인 것처럼 한국에 머물고 있는 미군 또한 미국의 젊은이일 따름이다.

중요한 것은 그들 모두가 미래의 세상을 같이 만들어 갈 우리의 후손 이라는 점이다.

'입양아 수출 대국'이란 말을 아는가? 우리들은 한국 청년 '성덕 바우 만'의 이야기를 알고 있다. 미국으로 입양되어 미국인 부모에 의해 길러 진 한국 아이, 그 아이가 자신을 버린 조국인 '한국'을 미워하지 않도록 잘 길러준 부모는 다름 아닌 피부색과 언어가 다른 미국인이다.

그리고 자신과 피부색이 다른 동양인을 구하기 위해 미 공군사관학교 학생들이 저마다 헌혈대 위에 누웠고, 한국 사람들과 미국 사람들의 협 력 속에 '성덕 바우만'이 새 생명을 되찾지 않았는가?

지금은 정치 이념에 휩쓸리지 않는 올바른 가치관이 필요한 시점이다.

주위를 둘러보자. 열악한 환경에서 한국인 악덕 사업주에게 인간적인 대우는커녕 노동력을 착취당하는 외국인 노동자들도 많이 있다.

그들은 한국 사람에 대해서 어떻게 생각할까?

우리에겐 '성덕 바우만' 군 외에 일면식(一面識)도 없는 일본인을 구하 기 위해 지하철 사고로 운명을 달리한 김수현 군, 또한 틈틈이 남방 한계

4

선을 내려와 총을 겨누는 북한군과 맞서 싸우다 전사한 우리 군인들도 있다. 서해교전에서 죽어간 한국 청년들을 위해 우리는 지금처럼 촛불을 들었던가?

냉철한 시각으로 상황를 직시하고 미래를 준비할 때이다. 광화문의 밤거리를 추모 촛불로 밝히는 것도 중요하지만, 세계 무대에서 당당히 겨룰 자기 자신의 실력을 기르고 행복한 미래를 위해 '젊음의 촛불'을 밝히는 것도 중요하다.

한국에서 태어나 짧은 인생을 살다간 심미선, 신효순 두 여학생도 자신의 죽음으로 인해 많은 사람들이 올바른 가치관을 갖게 되기를 원할 것이다. 두 어린 여학생의 죽음을 헛되이 하지 않으려면 이제부터라도 우리 한국인 스스로가 다가올 미래에 대해 준비하는 태도를 보여줘야 할 때이다.

이 책은 S.O.F.A. 그리고 미국에 대해 알고자 하는 사람들을 위한 내용으로 꾸며졌다. 흔히 '미국'을 가리켜 '자국 중심주의 국가'로 일컫는다. 다른 나라 입장에서 보면 미국은 상당히 폐쇄적이고 자기 중심적인 국가에 지나지 않지만, 미국 국민 입장에서 보면 애국심이 저절로 생기는 나라일 수 밖에 없다.

우리는 촛불 추모 행사 이후 언론 매체에 보도되는 주한미군의 나쁜 모습만을 보고 분노하기 이전에 우리와 그들과의 관계를 재정립하고 현실을 바로 볼 필요가 있다.

미국은 어떤 나라인지, 그리고 짧은 역사에도 불구하고 오늘날 세계 최강대국으로 성장할 수 있었던 원동력은 어디에 있는지 우리는 알아야 한다. 이후 한국이 세계 제일의 위치에 섰을 때 조금이라도 다른 국가를 배려하고 모두 다 행복하길 원한다면 말이다.

본 내용을 위해 아낌없는 협조 의사를 보내준 '불평등한 S.O.F.A. 개정 국민운동(www.sofa.jinbo.net)', '미군 장갑차 여중생 고 심미선, 신효순 살인사건 범국민대책위(www.antimigun.org)', 한국이 세계에서 인정받는 강대국이 되길 바라며 한국을 세계에 알리는데 노력하는 데이비드 심(www.madeinkorea.com)에게 지면을 빌어 깊은 감사를 드린다.

이 영 호

USA

● 차 례

미국, AGAIN

도대체 미국은 어떤 나라일까?

200여 년의 짧은 역사를 지닌 미국이 오늘날 세계에서 가장 강력한 군사력과 경제력을 지닌 강대국으로 발돋움 할 수 있었던 원동력은 민주주의와 자본주의 시장 경제의 도입이다.

한국무역협회 자료에 의하면, 2002년 4월 대미 수출액은 총 27억 5,900만 달러로 전년 동월 대비 13.6%가 증가하였다. 우리나라 전체 수출에서 차지하는 대미 수출 비중은 전년 동월에 비해 소폭 상승한 결과 평균 20%선을 유지하였다.

수입의 경우에도 2002년 4월 중 대미 수입액은 20억 1천만 달러로 전년 동월 대비 12.2% 증가하여 16%를 기록했지만, 우리나라 전체 수입에서 차지한 대미 수입 비중은 작년과 변동이 없다.

이 경제 규모만 보더라도 우리나라가 자동차를 5대 수출한다면 그 중 1대를 미국이 사는 것이고, 반대로 우리나라에 필요한 자동차 5대를 수입한다고 하면 그 중 1대를 미국에서 사오는 것과 같다.

물론, 경제수치만 갖고 국가간의 평등조건을 내세우려는 것은 아니다. 하지만 우리가 반미를 외치고 주한미군 철수를 주장함으로 인해 미국에서 우리나라 제품에 대한 불매운동이 일어나기라도 한다면 우리는 그 시점에서 20% 정도의 손해를 감수해야만 할 것이고, 결국 미국의 영향력으로 각종 무역장벽에 직면할 가능성을 전혀 배제할 수 없다.

이것은 우리나라가 IMF 위기에 빠지자 우리와 거래하던 다른 국가들도 경제 위기를 맞이했던 것처럼, 이제 어느 강대국만의 힘으로 세계 질서를 바로 잡는 시대는 지나간 것이다. 상호간에 긴밀한 관계를 가진 각국의 경제 구조하에서는 특정 국가에 대한 반감이 우리나라에 대해서도 결코 득이 될 수 없다.

흔히 사람들과의 인간관계에서도 내 맘에 들지 않으면 연락하지 않고 안 만나면 그뿐이라고 생각하는 사람들이 많다. 그러나 사람 일이 항상 그렇게 생각처럼 되지는 않는다. 세상을 살다보면 뜻하지 않게 다시 만나게 되는 경우도 있다.

결국 우리가 현재의 성공을 이뤄내기까지 다른 국가들이 우리 물건을 사 주었기 때문이라는 사실에 주목할 필요가 있다. 앞으로도 마찬가지이다. 이제 우리는 잘살게 되었으니 너희는 필요 없다 식으로 생각한다면 우리의 미래는 낙관적일 수 없다.

6·25 전쟁 이후 분단된 북한의 경우, 세계의 가장 큰 소비시장인 미국과 적대국으로 지내온 결과, 우리나라와 적어도 13배 정도 경제 규모의 차이가 나게 된 것이다.

그렇다면 미국은 어떤 나라인가? 미래의 통일 한국이 되더라도 항상 긴밀하게 협조해야 할 미국에 대해 우리가 너무 몰랐던 것은 아닐까?

막연한 상상의 나라, 그들에 대한 표현 방식조차 미국(美國)이라고

하여 '아름다운 나라' 라는 동경의 이미지만 갖고 있었던 것은 아니었
던가? 실제, 일본의 경우 미국을 표현하는 단어를 미국(米國)으로 쓰고
있는데, 미(米)의 의미는 '쌀' 이다.

'쌀의 나라' 와 '아름다운 나라' 라는 사전적 의미에 관계 없이 우리
곁에서 살아 숨쉬는 '미국' 에 대해 알아보자.

다음에 이어지는 내용은 '미국에 대한 이해' 를 돕고자 쓴 글이다.
실제로 내 가까운 친척 중 한 분이 주한미군이다. 또한 대학시절부터
한국 정부가 주관하는 다양한 국제 행사에 참여했던 나는 사회인으로
성장한 지금, 여러 가지 크고 작은 일을 겪으며 '미국' 이란 나라에 대
해 객관적인 새로운 시각을 갖게 되었다.
한국 이외의 나라가 보는 미국은 어떠하며, 미국이 보는 한국은 어떠
한지 실제 경험을 바탕으로 소개하고자 한다.

미국 / United States of America (USA)
- 수도 : Washington D.C. (District of Columbia)
- 정부형태 : 대통령중심제의 연방공화국
- 독립 : 1776. 7. 4 (영국으로부터)
- 면적 : 937만 2,610km² (세계 4위/ 한반도의 42배, 남한의 95배)
- 인구 : 2억 6,795만 4,764명 (1997년 7월 추정)
- 언어 : 영어
- 인종 : 백인(83.4%), 흑인(12.4%), 아시아인(3.3%),
  아메리카 인디언(0.8%)

이모부는 코쟁이

1960년대 후반, 내가 태어났거나 아니면 아직 태어나기 전의 한국은 전쟁의 폐허에서 재기하기 위한 힘겨운 시간이었다.

6·25 전쟁의 상처는 수많은 이산가족을 만들었고, 1953년 유엔(UN)의 중재로 정전협정이 체결된 이후 한반도는 그야말로 잿더미였다.

우리는 그 잿더미에서 일어나려는 정부와 국민들의 피나는 노력이 있었기에 오늘의 우리나라가 세계속의 한국으로 성장하는 밑거름이 되었다는 사실에 주목할 필요가 있다.

이야기를 하기 전에 잠깐 나의 가계(家系)를 소개하고자 한다.

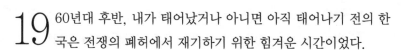

나의 외가 친척은 모두 2남 6녀로, 무려 8남매의 대가족을 거느린 외할아버지와 20년 가까이 아이들 출산과 양육에만 매달렸던 전형적인 조선 여인인 외할머니가 있다.

큰이모는 1925년생으로 지금 살아 있다면 팔순에 가까운 연세이지만, 둘째 아들의 꿈인 영화배우를 만들어 주기 위해 있던 재산을 다 날리고 그만 화병과 노환으로 돌아가시고 말았다.

큰이모가 자식 건사에 가산을 탕진하는 전형적인 한국 어머니였다면, 둘째 이모는 자수성가(自手成家)한 억척스런 또순이였다. 연탄 배달과 쌀 배달로 악착같이 돈을 모아 큰 부자가 된 둘째 이모는 지금도 칠순이 넘은 연세에 대중목욕탕을 운영하고 있다.

다음은 셋째 이모이다. 셋째 이모 또한 국악기 예능 보유자인 이모부를 만나 2남 1녀를 두고 건강하게 살다 현재는 노환으로 세상을 떠난 상태이다.

내 이야기의 주인공인 넷째 이모는 인생이 순탄하지만은 않았다. 채 스무 살이 안된 열다섯 살 꽃다운 나이에 같은 동네 이웃집 총각과 혼인을 했다가 그만 변변한 결혼 생활도 못해보고 다른 집으로 재가를 하게 되었다.

그 당시 혼인신고도 못한 탓에 머리만 얹은 처지로 다른 집에 시집을 갔고, 친척의 기억 속에 이모는 그 이후로 연락을 끊었다고 한다.

넷째 이모가 가족들과 연락을 끊은 지 2년이 지난 어느 날 6·25 전쟁이 발발하였다.

이후 가족들은 수년간 서로 연락을 두절한 상태에서 지냈다. 이모를 다시 만나게 된 것은, 전쟁이 끝난 이후 주한미군이 거주하는 용산 미군부대 피엑스(PX)에서 근무하는 이모가 다시 연락을 해 온 뒤였다.

이모는 전쟁이 터지자 마침 타자 기능과 영어, 일어를 배워두었던 덕에 미군 PX에서 캐셔로 근무하게 되었다. 그곳에서 지금의 이모부를 만나게 된 것이다. 물론, 그 당시에는 국제결혼에 대한 사회적 인식이 좋지 않았기 때문에 당연히 외할아버지와 외할머니가 결혼을 반대할 거라 생각한 이모는 부모님이 무서워서라도 연락하기를 꺼렸을 것이라고 짐작된다.

이렇게 해서 우리 친척 중에 코쟁이 이모부가 생기게 된 것이다.

초등학교에 들어가기 전후의 나로서는 라디오조차 돈 있는 집에만 간혹 있었던 시대적 상황에서 실제로 미국인을, 그것도 우리 친척 중에 미국인이 있다는 사실이 믿어지지 않았다.

당시 내 또래의 어린아이들은 미국인을 따로 구별하기 어려워서 한국말이 통하지 않는 외국인은 모두 미국인이라고 생각했었다. 영국인이나 프랑스인이나 서양 사람만 보면 그 뒤를 졸졸 따라다니며 신기하게 쳐다보았던 기억이 난다.

물론 미국인 뒤를 졸졸 따라다니면 모종의 짭짤한 수익이 생기기도 했다. 당시 대다수의 서양인들은 UN 정전위원회 소속 군인들로 미국, 영국, 터키 등의 외국인이었고, 그들은 자신들이 전쟁을 치르며 보호한 '한국'이라는 나라의 동양 어린이들에게 껌이나 건빵, 초콜릿, 햄 등의 군사용 식품을 나눠주기도 했다.

아이들에겐 외국인, 즉 자신이 생각하기에 미국 사람처럼 보이면 일단 무조건 쫓아다니며 그들이 주는 신기한 미국 식품을 받아 먹는 것이 가장 큰 즐거움이기도 했는데, 그 당시 또래 아이 중 하나였던 나에게 미국인 이모부가 생긴 것이다.

사실, 내게 미국인 이모부가 생겼다는 것 자체만으로도 동네 친구 녀석들이 나를 '대장'으로 모시기에 충분했다. 적어도 나를 쫓아다니면 쉽게 구할 수 없는 미국 초콜릿이나 껌 등을 얻어먹을 수 있기 때문이었다.

하지만 그 시절의 잠깐 인기는 금새 다른 녀석의 등장으로 순위 밖으로 밀려났다. 나중에 다시 이야기하겠지만 미국인 이모부를 둔 나보다도 훨씬 강력한 '권력'을 휘두른 그 녀석은 지금 생각해도 도저히 경쟁이 안되는 무언가가 있었다.

다시 이모부 이야기로 돌아와 보자.

내가 이모네 집을 자주 드나들기 시작할 무렵이었다. 매주 토요일이면 몸이 달아 조바심이 났던 나는 이따금 어머니를 졸라 이태원 이모네로 향하기 일쑤였고, 이모집에 도착하면 곧바로 냉장고를 열어보는 게일이었다. 양손으로 열어야 했던 냉장고 문은 냉동칸의 경우 발꿈치를 뗀 상태로 올려봐야 가까스로 그 내용물의 확인이 가능했다.

너무 작아 김치통 하나 제대로 넣을 공간이 없었던 우리집 냉장고보다도 족히 네 배는 커 보였던 이모네 냉장고 안에는 맛있는 미국 식품들이 가득 차 있었다.

주로 PX에서 사온 햄과 고기류, 치즈 등이었고, 이모네 우유는 내가동네 슈퍼에서 사먹던 우유와는 그 맛부터 달랐다. 그렇게 냉장고 앞에서 있는 나를 보면 어느새 이모가 다가와 햄이랑 우유 등을 꺼내주곤했는데, 조심스럽게 우유 한 방울조차 흘리지 않으려고 조심하던 내 모습이 아직도 기억속에 남아 있다.

내가 먹고 남은 것, 가령 초콜릿이나 치즈 몇 조각을 주머니에 넣고돌아오면 그 다음 날부터 또다시 신나는 전쟁 놀이가 시작된다. 플라스틱 총을 들고 골목을 누비며 전쟁 놀이를 하다보면 하루가 금방 지난다. 어느새 해가 뉘엿뉘엿 지는 저녁 무렵이 되면 마포 달동네의 골목전쟁은 잠시 멈추게 된다. 하지만 내가 주머니 속에서 초콜릿이나 껌 등을 꺼내 놓으면 그것을 차지하기 위해 골목 전쟁은 다시 시작되곤 했다.

아마 그 당시 아이들 눈에 비친 미국인의 인상은 대개 나의 경우와비슷했을 것이다.

"너 미국 사람 만나본 적 있어?"

"아니."

"난 봤다. 그것도 진짜 옆에서."

"우와! 정말? 어때?"

"응, 근데 이상한 냄새가 막 나. 마가린 냄새 같은 거."

"그래도, 그게 어디냐? 난 미국 사람 한번 봤음 좋겠는데."

"야! 야! 난 이모부가 미국 사람이야. 그것도 주한미군."

녀석들과 미국인에 대한 입씨름을 하다보면 결국엔 내가 이겼다.

그 당시 아이들은 항상 미국 식품을 맛보고 싶어 했고, 그 때 유행하던 전쟁 영화 '컴뱃(Combat)'의 주인공 이름들을 줄줄이 외우고 다닐 정도로 미군은 동경의 대상이었다.

아마 남자들의 본능이라고도 치부할 수 있겠다. 남들보다 강하고자 하는 남자들의 본성 때문이라도 북한군을 이긴 미군의 존재는 당시 어린이들에게조차 동경의 대상이었다.

코쟁이 어미개?!

어렸을 적 이모네 집에 놀러갔을 때의 일이다.

이모네 집에선 개와 강아지 서너 마리를 기르고 있었는데 어미 개는 자기 새끼들을 보호하느라 낯선 사람만 보면 포악스럽게 짖어대 며 으르렁거렸다.

어미개가 무서웠던 나는 이모네 집에 가면 그 녀석의 목걸이를 확인 하는 게 급선무였다.

그 날은 토요일 오후였다. 대문을 들어서서 이모네 집 현관문을 열던 순간이었다. 나름대로는 조심한다고 했지만 잠귀가 밝은 어미개 는 개 목걸이가 끊어질 정도로 매섭게 뛰어나와 나를 향해 짖기 시작했다. 마 치 내가 새끼들을 어떻게 해 볼 속셈으로 몰래 들어온 침입자인 양 ……

처음엔 깜짝 놀랐던 나로서도 이에 질세라 반격에 나섰다. 같이 으르 렁거려 보기도 하고, 발로 땅을 쿵쿵 치며 위협하기도 했다. 하지만 어미개는 막무가내였다. 조금 더 지체하면 어미개의 목을 죄고 있는 줄이 끊어질 것 같았다. 같이 갔던 어머니는 이미 현관문 안으로 들어간 뒤였다.

얼마나 지났을까?

처음엔 말소리조차 잘 나오지 않던 것이 조금씩 진정되고 나니 어미개에게 화가 났다.

'네가 뭔데? 개 주제에.'

'너 빨리 안 비키면 내가 혼내 줄 거야!'

하지만 어미개는 더욱더 내 눈을 매섭게 노려볼 뿐이었다. 벼르고 벼르던 내 입에서는 드디어 큰 소리가 나왔다.

"시끄럿! 그만 해! 엄마! 이모! 개가 막 짖어요!"

그 때였다.

개집이 있는 벽 쪽으로 난 창문을 열고 누군가 얼굴을 쑥 내밀었다. 이모나 어머니 같았다. 하긴 누구라도 상관없었다. 빨리 집 안으로 들어가고자 하는 바람뿐이었다. 기회를 봐서 어미개 옆구리라도 한 대 걸어차 주고 싶은데 어미개는 도무지 빈틈을 보이지 않았다.

"Hey! Jackey! No More!"

이모부였다.

울음보가 터지기 거의 일보 직전이었다. 당시 나처럼 영어를 못하는 어린아이와는 말도 통하지 않는 이모부였다. 그것도 항상 이모네 집에 놀러오면 인사도 제대로 하지 못한 채 방 구석에 앉아 아이스크림이나 초콜릿만 먹고 놀다가 가는 게 고작인, 내가 평소 가까이 가지도 못했던 이모부가 구세주처럼 나타난 것이다.

그 순간 신기한 일이 벌어졌다.

방금 전까지만 해도 낯선 침입자를 보고 으르렁거리던 개가 이모부의 말 한마디에 꼬리를 살랑살랑 흔들면서 기가 죽은 듯 자기 집으로 들어갔다. 이모부는 날 보며 고개를 갸웃했다. 안으로 들어오라는 의미였다.

집 안으로 들어간 뒤에도 난 감정을 추수릴 수가 없었다. 처음 본 신기한 일 때문이었다.

'개가 영어를 알아듣는다?!'

언젠가 유머로 소개됐던 이야기 중에 '미국에선 개들도 영어를 한다'라는 말이 있었다. 사람들은 대수롭지 않게 웃고 넘겼겠지만 당시 그런 사건을 겪은 내게는 적잖은 충격이었다. 내가 못 알아듣는 미국 말을 개가 알아듣다니…….

당시 1970년대 초반에는 요즘처럼 학부모들의 영어교육 열기가 심하지 않았다. 그 당시엔 먹고 살기 어려운 가정이 많아서 아이들 교육비에 투자하기보다는 살림살이와 집 장만에 돈을 썼던 때였다.

초창기에 일기 시작한 출판사업에 두각을 나타낸 곳이 계몽사이다. 그다지 넉넉한 형편이 아니었던 우리 집조차도 계몽사 책을 전집으로 장만해두고 다달이 할부금을 갚아나갔던 기억이 있다.

'세계위인전집, 한국위인전집, 세계명작전집, 청소년세계동화집, 백과사전' 등이 지금도 기억나는 책들이다.

하지만 '영어'는 아니었다.

이후 내가 영어에 관심을 갖고 공부를 했던 이유는 어렸을 적 이모네 집에서 직접 체험한 '코쟁이 어미개' 때문일 수도 있다.

이모네 집에서 돌아온 이후 어머니는 내게 제목은 잘 기억나지 않지만 당시 매월 할부금을 갚고 있는 형편이었음에도 불구하고 그 날 겪은 아들의 충격을 알았던지 아무 말 없이 '영어학습서'를 사 주었다.

1970년 초반은 각종 경제개혁과 새마을운동 등이 활발하게 진행되던 시대적 상황으로 출판사업 또한 활발하게 성장하던 시기였다. 이후 1980년대, 그리고 1990년대 소설 중흥기에 이르기까지 출판사업은 각종 학습서를 위주로 서서히 대한민국을 '교육열성국'으로 변모시켜 왔다.

지금 생각해 보면 참 아이러니한 질문이 생기는 부분이기도 하다.

내가 만약 이모네 집에서 어미개와의 한판 승부를 무력으로 이겼더라면, 더구나 이모부가 내 앞에서 달려드는 어미개를 저지해 주지 않았다면 '영어'에 관심을 가졌을까? 그리고 전 세계 사람들과 비즈니스를 할 때 영어로 의사소통을 하며 사업을 할 수 있었을까? 하는 의문이 든다.

혹시 내 어릴 때 영어 선생은 그 '어미개'가 아니었을까?

더욱이 어미개 앞에서 머뭇거리던 나를 구해준 미국인 이모부, 어쩐지 그 모양새가 묘한 상황과 맞물려 오랫동안 기억에 남아 있게 되었다.

엄마, PX에 데려가 줘요!

:

앞서 잠깐 얘기가 나왔던 친구 녀석의 이야기를 소개하고자 한 다. 당시 내게 미국인 이모부가 생겼다는 사실은 동네 꼬마 녀석들 사이에서 가장 놀랄 만한 사건이었다.

다소 품질이 떨어지는 한국 식품에 비해 맛부터가 다른 미국제 먹거리가 아이들에겐 신기함 그 자체였다. 치즈, 초콜릿, 햄, 고기류를 비롯하여 동네 아저씨, 아줌마들은 미국제 이름도 생소한 양주와 고기류 위주의 반찬거리 등을 주로 찾았다.

1970년대 이후 한국 사람들은 미군 부대 근처의 부대찌개를 주로 즐겨 먹는 메뉴로 선정했다. 남대문시장 지하상가를 지칭하는 '도깨비시장'에는 해외에서 수입한 각종 외제 상품들이 많았기 때문에 서울 아줌마들 사이에서 좋은 화장품을 구할 수 있는 곳의 대명사로 취급받기까지 했다.

내가 살던 마포는 당시 서울의 달동네 중 한 곳으로 가난한 집들이 대부분이었지만 한국 정부의 경제 개혁 노력에 따라 점차 돈을 모아 마포를 떠나는 가정들도 많이 생겨났다. 그 시절 돈을 좀 모은다고 소문났던 이웃들 중 하나가 바로 남대문시장 수입상가에 미국 물건을 대주는 사업을 하던 집이었다.

마포와 가까운 용산이나 의정부 등지의 미군부대에서 나온 물건이라며 일주일에 한 번씩 그 집에는 골목을 가득 채우는 트럭이 들어오곤 했는데, 그 집에 새로 살게 된 주인 할머니의 손자가 미국인 이모부를 두어 의기양양하던 나의 권력을 위협하는 존재로 떠올랐다.

이모네 집에 가는 횟수가 점점 줄어들어 아이들과 노는 것도 별 재미를 못 느끼던 어느 날 아이들과 있는 자리에 새로 이사왔다며 나타난 남자 아이는 미국 물건을 남대문시장 상가에 공급하는 일을 하던 그 집 아이였다.

이모네서 내가 가져왔던 햄, 고기, 치즈, 초콜릿 등은 이제 아이들 입맛에 적응이 된 뒤라 별다른 새로운 기분을 갖게 해 줄 수 없었던 터였다. 하지만 그 아이의 손에는 항상 새로운 물건들, 주로 미국에서 새로 나온 신상품들이 가득했고, 동네 아이들의 관심은 점점 그 아이에게 쏠렸다.

"엄마, 우리 이모네 집 안 가?"

"왜? 이젠 갈 일 없어."

"왜? 가! 얼른 가!"

"너 왜 그래? 안 그러더니 오늘 따라 왜 말썽이야? 이모는 PX 가서 지금 못 만나."

"그럼 나 PX 데려가. 우리도 얼른 가!"

"너 PX가 뭔지나 알아?"

그 날도 아이들과 헤어진 나는 집으로 들어와서 다짜고짜 어머니에게 이모네 집에 가자고 졸랐다. 더 이상 머뭇거리다가는 새로운 아이에게 아이들의 관심을 빼앗겨 버릴지 모른다는 위기의식이 생겼던 것이다.

하루라도 빨리 이모네 집에 가서 새로운 미국 상품을 갖고 와야만 했다. 그래야 점점 멀어지는 동네 아이들의 관심을 되찾을 수 있다고 생각했다. 다짜고짜 치맛자락을 붙잡고 조르는 내 얼굴을 묵묵히 보던 어머니의 얼굴엔 답답한 표정이 살짝 스쳐 지나갔다.

이윽고 엄마는 내 손을 잡고 집을 나섰다. 하지만 가는 곳은 이모네 집이 아니었다. 집 옆에 있는 구멍가게였다.

"아줌마! 여기 초코파이 한 상자만 주세요!"

어머니는 내 마음을 이미 다 알고 있었다. 이모네 집에 가자고 하면 번개같이 뒤따라 나서는 내가 그 집에서 뭘 원했던 것인지, 그리고 사나운 개 때문에 이모 집에 들어오지 못하고 대문 밖에서 서성거릴 때도 나에게 필요한 게 무엇인지 준비해 주던 어머니였다. 더구나 당신으로선 평소에 친하지 않았던 이태원 언니네를 자주 왕래했던 이유도 모두 나 때문이었다는 것을 나는 나중에야 알았다. 좋아하는 음식을 먹이기 위해 돈을 벌고, 일을 해야 할 시간까지 쪼개가며 이태원 이모네 집에 갔던 것이다.

구멍가게에서 받아든 초코파이 한 상자를 가슴에 안은 어린 나는 여전히 못마땅한 얼굴이었지만 울음은 그친 뒤였다.

1970년대 중·후반, 서울 달동네 주민들 가운데는 밀주를 만들어 팔거나 미8군 부대에서 물건을 빼와 남대문시장 상가에 공급하는 등 불법으로 장사하는 사람들이 많았다. 미8군 부대의 미국인들과 접촉하기

24

위해 당시로선 어마어마한 돈까지 지불했다는 이야기가 나오던 시절이
었다.

한국 사람들이 큰 액수의 돈을 지불하면서까지 미8군 부대에서 얻고
자 했던 물건은 무엇이었을까? 처음 듣는 사람들은 거짓말이라고 할지
모르지만, 사실 한국 사람들이 미군들에게 돈을 지불하면서까지 가져
오려고 했던 것은 '쓰레기'였다.

주한미군의 쓰레기를 치워주는 대가로 한국 사람들은 미8군에서 돈
을 받기보다 오히려 돈을 주면서 쓰레기를 치워가겠다고 서로 경쟁을
했던 것이다. 이렇게 흘러나온 미8군 쓰레기들은 주변 부대찌개 식당
으로 들어가서 버젓이 음식 재료로 재가공되기도 했다.

의정부, 동두천, 송탄 등지를 비롯하여 용산 미8군에서도 종종 돈 내
고 쓰레기를 치워 가는 한국인들의 세태가 뉴스에 등장하기도 했다.

지금 돌이켜 보면 씁쓸한 이야기가 아닐 수 없다. 우리가 미군들에게
어떻게 비춰졌는지는 굳이 확인해 보지 않아도 짐작할 수 있다.

쓰레기를 치워 가는 한국 사람들. 그것도 자기 돈 내고…….

미국인들은 한국 사람들을 어떻게 봤을까? 더구나 잠깐 한국에 근무
하다가 다시 미국으로 돌아가는 군인들의 경우, 미국에 돌아가서 한국
근무 경험을 후임병들에게 사실보다 과장되거나 다소 늘려서 이야기했
을 게 분명하다.

사실 한국인들이 자기 돈까지 내가면서 미군 쓰레기를 치우겠다고
하는 데는 그럴 만한 이유가 있었다. 아무나 들어갈 수 없는 주한 미8
군 영내에 어떻게든 출입 가능한 신분을 얻으려고 했는데, 이는 당시
공공연히 벌어지던 미제 상품 유출을 시도해 보겠다는 의도였다.

1970년대 후반, 그리고 1980년대 초에 이르기까지 미국은 아이들에게도 선망의 대상이었다. 당시 우리나라에서 만들어져 판매되는 초콜릿이나 치즈는 물론 수입산 바나나의 경우도 서울에 사는 웬만한 가정 형편의 아이가 아니면 요즘처럼 쉽게 사 먹을 수 없었다. 하물며 미국식품을 먹을 수 있거나 Made in USA 표시가 붙은 의류를 입는다는 것은 일종의 부의 상징이었다.

당시 많은 아이들이 즐겨 먹던 '쫀드기'나 '라면땅'류의 속칭 불량식품들은 '미제 초콜릿'이 나타나기라도 하면 어디론가 사라지기 일쑤였다.

내가 어머니에게서 들은 옛날(?) 노래 중 이런 것이 있다. 당시 상황을 가리키면서 나의 어머니는 당신께서 아이였을 때 외국 사람 뒤를 졸졸 쫓아다니며 부르던 노래가 하나 있었다고 했다. 그 노래를 여기에 적어 본다.

헬로! 헬로! 초콜릿또 기브미!
헬로! 헬로! 먹던 것도 좋아요.
헬로! 헬로! 츄잉껌도 기브미!
헬로! 헬로! 씹던 것도 좋아요!

※ 음정을 모른다면 요즘 정화조 차량이 운행될 때 나오는 반주에 따라 노래를 불러보자.

26

쌀통 뒤의 미국 여자

내가 국민학교(지금은 초등학교) 다닐 때의 이야기이다. 1980년
대 초 사람들의 형편이 조금씩 나아지자 전국에는 비디오테이
프 대여점이 우후죽순(雨後竹筍)으로 늘어나기 시작했다.

1970년대 후반만 하더라도 텔레비전 없는 가정이 많아 비디오테이
프 대여점은 생각할 수도 없었다.

당시 처음 등장한 컬러 텔레비전의 인기가 어느 정도였는지는 텔레
비전이 없던 가정을 보면 알 수 있다. 컬러 텔레비전은 보고 싶은데 능
력이 안 될 경우 브라운관에 빨강, 노랑, 파란색의 셀로판지를 붙여놓고
컬러 텔레비전이라고 보는 사람도 있었다.

1980년대에 들어서면서 하나 둘씩 텔레비전을 갖게 된 집이 많아졌
다. 당시 대유행이었던 컬러 텔레비전의 보급과 점차 늘어나는 비디오
플레이어로 비디오테이프 수요가 늘어났고, 그로 인해 대여점이 생겨
난 것이다.

학교 주변과 동네 곳곳에 생긴 비디오테이프 대여점들은 이후 1990년대에 이르러 '영화마을', '으뜸과 버금' 등의 통합 프랜차이즈 브랜드가 생겨나면서 그 한계에 도달했는데, 여기서 말하고자 하는 1970년대 후반과 1980년대 초·중반에는 비디오테이프 대여점 중에도 퇴폐비디오 대여점이 생겨났던 시기이기도 하다.

이 때 초등학생 및 중·고등학생들에게까지 불어닥친 음란 비디오 열풍은 가히 그 상상을 초월한 수준이었다. 서울역 부근에 24시간 만화방이 등장했다. 당시 유명하던 만화방은 '학산' 또는 '대성' 등의 24시간 비디오 상영 만화방이었다.

학생들이 500원이나 1,000원을 내면 하루 24시간 내내 비디오를 볼 수 있었던 이곳은 하루 종일 손님들로 꽉꽉 들어찬 모습이 쉽게 눈에 띄었고, 라면을 제공하거나 간이 잠을 청할 수 있는 잠자리까지 제공되어 가출 청소년들이나 불량배들의 아지트가 되기도 했다.

하지만 이런 24시간 만화방을 찾는 사람들의 진짜 목적은 따로 있었다. 그건 바로 일반 비디오를 상영하다가 간간이 틀어주는 포르노 비디오 때문이었다. 포르노 비디오를 틀어주는 시간에는 손님들에게 500원 또는 700원씩의 돈을 더 받기도 했지만, 한국 땅에서 포르노를 접하는 대다수의 남자들(간혹 여자들도 있긴 했지만)은 오히려 더 보기를 원했다.

난데없이 웬 포르노 비디오 얘기냐고 반문하겠지만, 여기서 얘기하고자 하는 부분은 대다수의 비디오테이프가 바로 '미국제'였다는 것이다.

손님들이 만화가게 빈 자리까지 어느 정도 들어차면 만화방 주인이 미리 물어본다.

"미국, 유럽, 일본 어느 것으로 틀까요?"

대다수 한국 남자들의 대답은 단연코 '미국'이었다. 일본과 유럽은 재미있긴 한데 그래도 미국 것이 제일 낫다는 게 중론이었다.

그런데 문제는 그 한국 남자들 가운데 어른들은 별로 없고, 대다수가 청소년들이었다는 것이다. 당시 10대 청소년 시절을 보낸 사람들이 지금의 30대 초·중반의 장년층이며, 이들이 미국 포르노 문화에 익숙한 한국 남자들이란 점이다. 현재 일부에 불과하지만 사회의 중심적인 활동층이 된 그들로 인해, 인터넷 및 기타 한국 땅 곳곳에는 상상하기 어려운 퇴폐 문화가 밤낮을 가리지 않고 활개치고 있는 것이다.

심지어 동기생 중 하나는 만화방에서 가져온 비디오테이프를 집에 숨겨놓는 것까진 성공을 했는데, 하필이면 쌀통 뒤에 두어 엄마한테 들킨 적도 있다. 글자 그대로 쌀통 뒤의 미국 여자인 셈이다.

당시처럼 미국 여행이나 유학이 힘들었던 시기에는 굳이 미국 할렘가를 기웃거리지 않아도 될 만큼 미국의 퇴폐 문화가 한국에 많이 들어와 있었다. 그 역할을 수행한 것이 미8군 군인들이었던 적도 있고, 미국 여행에서 돌아오는 한국인들 또는 비디오테이프 수입업자들이기도 했다.

요즘 젊은 세대가 모르는 예전의 미국 문화는 그렇게 들어온 것이 많았다. 때로는 우리나라가 미국 문화를 먼저 받아들이기도 했고, 아무 거부감 없이 자연스럽게 우리 사회로 들어온 경우도 많았다.

그 경로와 방향이 어떻든 간에 미국 문화가 우리나라에 들어온 이후 한국인의 생활에 직·간접적으로 영향을 끼친 것은 사실이다. 그러므로 지금의 30대들이 미국 문화를 가장 처음, 그리고 가장 가깝게 접해본 1세대들이라고 할 수 있다.

너 왜 분필을 던지고 난리야?

어느덧 88올림픽도 끝나고 대학 생활도 종반에 다다랐을 때의 일이다. 군대를 제대한 뒤 복학생으로 대학 강의실에 앉아 있던 내 앞으로 갑자기 분필 반쪽이 '휙' 하고 날아들었다. 옆자리 친구가 내게 학습 진도를 묻길래 잠깐 얘기해 주는 것을 담당 강사인 미국인 교수가 보고 내게 던진 분필이었다.

강의 시간에 주의를 흐트러뜨린 것도 아닌데 갑자기 날아든 분필 때문에 자존심이 상한 내가 담당 강사에게 한마디 쏘아붙였다.

"Why do you throw a chalk to me?"

수업이 한창이던 조용한 강의실에서 갑작스런 말에 놀란 과 학생들의 시선이 나와 담당 강사에게 쏠렸다.

이렇게 시작된 담당 강사와의 영어 싸움은 길게 가지는 않았지만, 지금 생각해 봐도 이해하기 어려운 것은 당시 내가 왜 그랬을까 하는 것이다.

혹시 어렸을 때 이모네 집 어미개와의 대결에서 영어를 몰라서 졌다는 아픈 기억 때문은 아니었을까 하다가도 '까짓 잘했다. 영어로 말해봐야 실력이 늘지!' 하는 생각으로 내 자신을 합리화했다. 하지만 그 때 담당 강사에게 대든(?) 내 본심은 일종의 반항이 아니었던가 한다.

우리나라에서 배우는 대학 영어가 어떻게 보면 하나 같이 미국식 생활과 사고방식을 가르치고 있다는 것에 대한 반발 심리라고나 할까?

한국 땅에서 살아가는데 왜 미국 사람들의 예절에 대해 배워야 하고 미국 사람들의 사고방식을 좇아가야 하는지, 그 당시 내 머릿속엔 온통 영어공부를 해야 하는 이유에 대해 복잡하게 생각하던 시기였다.

그 결론 또한 단순하게 '미국이 지금, 그리고 미래에도 강대국이기 때문에 그들이 살아가는 방식대로 사는 것이 잘사는 거다.' 라고 생각했을 때였다. 영어 실력이 좋아야 대학을 졸업해도 좋은 직장에 갈 수 있다는 게 당시 학생들의 생각이었다.

누구 하나 '왜' 라는 이유를 달지 않았다.

이미 대부분의 선배들이 영어공부를 잘 해서 좋은 직장에 들어갔고, 이는 우리가 어렸을 때부터 들었던 '영어를 잘 해야 성공한다' 라는 귀 따가운 가르침 때문은 아니었을까? 땅은 한국 땅인데 말은 영어를 더 잘 해야 사회에서 성공한다는 논리가 이해하기 힘들었다. 그렇다고 무조건 '반미' 를 외치며 데모를 하는 학생들도 못마땅하게 보이긴 마찬가지였다.

'반미' 를 외친다면 적어도 '친한(親韓)' 은 되어야 정당하지 않은가? 하지만 우리가 살고 있는 한국 땅에서 '반미' 를 외치는 목적이 '친용공세력(親容共勢力)' 이라는 점은 그들을 바라보는 시선을 다른 곳으로 향하게 했다.

'반미' 를 외치는 이유가 '친한' 을 주장하는 것이 아니라 '친용공세력'이라면, 그들의 숨겨진 목적이 무엇인지 어렵게 따지지 않아도 쉽게 알 수 있었다.

그런 그들에게 관심을 갖거나 그들의 거짓된 모습에 현혹당해선 안되었고, 비록 '주장'이 그럴듯한 무리가 나타나더라도 그들의 진짜 '목적'이 무엇인지 현명하게 판단하고 대처해야 했다.

당시 내 관심은 자연스럽게 한국의 어두운 사람들에게로 향했다. 한국 사람들이 서로 돕고 서로를 위해 살아야 한다는 가치관을 서서히 만들어갈 무렵이었다. 대학에서 자원봉사자를 뽑아 봉사활동을 펼치던 '뇌성마비아들을 위한 보육원'에 야학 교실을 열었고, 여기서 나는 수학과 자연, 사회를 가르치는 선생님으로 활동하게 되었다.

그리고 미국인들에 대한 사고방식이 바뀌게 된 계기도 바로 그 때였다. 대학 공부를 병행하면서 자원봉사 활동을 하던 내게 또다시 미국인들이 보였다.

크리스마스였다.

대학은 이미 방학을 했고, 대다수의 학생들과 사람들은 스키장으로, 해외연수 또는 배낭여행 등으로 빠져나갔다. 보육원 관계자들은 이번 크리스마스 때 아이들의 공연에 사람들이 몇 명이나 올지 모르겠다고 걱정을 했다.

같이 자원봉사를 했던 대학생들조차 아르바이트다 뭐다 해서 겨울방학 동안에는 자원봉사 교실에 출석하지 않은 사람이 많아 나까지 빠질 수가 없었다.

12월 24일, 크리스마스 이브.

여느 해처럼 보육원 강당에는 뇌성마비 아이들의 공연이 준비되었고, 무대 앞에는 공연을 관람할 사람들의 의자가 빼곡히 놓여 있었다.

아이들의 공연준비 모습을 보며 한편으로는 걱정도 되었다.

'과연 몇 명이나 와서 공연을 볼 것인가?'

아이들 공연시간이 채 30분 정도 밖에 남지 않았을 무렵 공연장 관람객 좌석이 하나 둘씩 채워지기 시작했다. 주로 보육원 관계자들이었다. 내가 만난 적이 있는 보육원 관계자들이 모두 왔다고 생각할 때쯤에도 공연장엔 빈 자리가 더 많았다.

하지만 그 우려는 오래 가지 않았다.

어디에 있었는지 공연장 출입구로 금발 머리, 파란 눈의 외국인들이 하나 둘씩 들어오기 시작했다. 아이들과 같이 방에 있다가 공연 준비가 끝났다는 소리를 듣고 나오는 것이라고 했다.

어느새 공연장은 빈 자리가 없었다. 더구나 공연장에 서서 아이들을 구경하는 사람들은 한국인보다 외국인들이 더 많았다.

나는 얼른 안면이 있는 보육원 관계자에게 물었다.

"여기 외국인들도 와요?"

"네. 여기 뇌성마비 아이들 후원자 대부분이 미국인들이에요. 매월 후원금을 보내 주는데 저분들 아니면 여기 아이들 생활하기도 힘들어요."

"네? 우리나라 사람들은요? 우리나라 사람들은 뭐하구요?"

"한국분들도 많이 도와주시죠. 하지만 저 미국분들이 더 오래 됐지요. 중간에 연락이 끊기거나 하는 것도 다 한국분들인데, 저분들은 매월 아이들 후원금도 주시고, 심지어 미국으로 들어가실 때 입양까지 해서 같이 가세요."

사실 사람을 놓고 볼 때 그 사람의 피부색이나 사용하는 언어로 구분을 지어서는 안된다. 이 점에 대해서는 누구라도 공감할 것이다.

하지만, 이 때만큼은 어느 누구라도 미국 사람들을 더 칭찬하지 않을까? 자신들과 다른 동양의 어린이들을 '사랑'이라는 취지 하나로 같은 가족으로 받아들인다는 사실에 우리는 부끄러워 하지 않을 수 없다.

이 일은 미국, 그리고 미국의 사회보장제도에 대해 다시 한번 생각하게 된 계기가 되었다.

미국의 사회복지, 그것은 분명 한국과 차원이 다르다. 사회 유명 인사의 선심성 행사가 아니고, 연말연시 일회성의 차원도 아닌 인생을 살면서 꾸준히 펼치는 미국인들만의 독특한 사회봉사 방식인 것이다.

미국의 사회보장제도

사회보장(Social Security)이라는 용어는 1935년 루스벨트 대통령이 의회에 제출한 '사회보장법'에서 처음으로 만들어진 것인데, 오늘날에는 전 세계에서 사용되고 있다. 시작된 역사는 비교적 짧지만 현재 사회보장은 자유주의 국가, 사회주의 국가의 구별 없이 양쪽 모두에서 중요한 국가 정책의 하나가 되었다.

오늘날 대부분의 미국인은 장기투병이나 상해, 가족생계 부양자의 죽음에 대비하여 각종 보험을 들고 있다. 자영업에 종사하는 사람을 포함하여 거의 모든 근로자는 퇴직 계획에 의해 보충되고, 5명의 노동자 중 4명은 실업수당을 받을 수 있다.

미국 노동자의 90% 이상이 혜택을 받고 있는 사회보장법은 노인, 극빈자, 불구자에게 연금을 지급하는 국가적 체제를 마련하고 있다. 수년에 걸쳐 이 법은 여러 계층에게 많은 혜택을 줄 수 있도록 확대되어 왔다.

사회보장제도는 고용기간 동안 노동자나 고용주가 지불하는 세금으로 재원을 충당하며, 노동자가 65세에 정년퇴직을 하면 그 전에 받아 왔던 월급을 기준으로 매달 지급받게 된다. 하지만 62~64세 사이에 퇴직하면 그만큼 삭감된 연금을 지급받는다.

이러한 연금 혜택은 미망인이나 홀아비, 의지할 부모가 없는 18세 이하의 아이들에게도 해당되며, 현재 3,500만 명 이상의 사람들이 이 와 같은 사회보장제도에 의해 매달 연금을 받고 있다. 1984년에 퇴직 한 65세 이상의 노동자는 매달 703달러의 연금을 지급받을 수 있으 며, 연금 대상자에게 부양할 배우자나 자녀가 있을 경우에는 최고 1,232달러까지 지급받을 수 있다.

연방 정부는 각 주에서 생활보호 대상자나 실업수당을 전부 써 버린 사람들을 재정지원, 사회복지제도 등으로 도와주고 있다. 또한 연방 정 부는 영세민, 맹인, 무능력자, 부양받는 어린이 등의 의료비를 주 정부 에서 지급하도록 자금을 지원하고 있다.

산업체에 종사하는 수백만 명의 노동자는 전액 고용자 부담 또는 고 용주와 반반 부담으로 사적인 보험제도에 가입하여 또 다른 보호를 받 고 있다. 이러한 보험은 질병에 걸리거나 갑작스런 사고가 났을 때 입 원비, 치료비에 대한 혜택을 받을 수 있으며, 실업 또는 정년퇴직 후에 는 연금으로 받게 된다. 80만 이상의 사업단체가 이와 같은 제도를 실 시하고 있다.

미국의 사회보장은 퇴직, 유족, 보험(Old Age, Survivors, Disability and Health Insurance : OASDHI)을 가리킨다. 이 사회보장에 의하여 매년 1억 명 이상의 노동자와 고용주로부터 보장세를 거두어 1985년부 터는 퇴직자, 폐질자와 그 부양 가족, 미망인, 홀아비, 사망한 노동자의 자녀 등을 포함한 3,668만 명이 넘는 사람들에게 지급했고, 그 총액은 1,516억 달러에 이르렀다.

사회보장제도는 더 확대 해석되어 자녀의 출생, 질병, 사고, 실업, 노령, 사망 등으로 수입이 감소 또는 증가하거나 지출비가 늘어났을 때 정부에 의한 원조를 포함한다.

- 실업보험제도 : 모든 주는 각각 일할 의지와 능력은 있지만 일자리를 구하지 못한 사람들에게 실업 급여를 지급하고 있다.
- 노동자배상제도 : 각 주는 직장에서 부상을 입은 사람이나 직업병에 걸린 사람에 대해 현금 급여와 의료 급여를 포함한 노동자 배상제도를 실시하고 있다.
- 일시적보험제도 : 단기간의 질병으로 일할 수 없는 사람에게 5개월 이내에 한하여 지급하는 제도이다. 단, 이 제도가 있는 곳은 다음의 다섯 주와 속령 하나뿐이다(캘리포니아, 하와이, 뉴저지, 뉴욕, 로드아일랜드, 푸에르토리코).
- 공무원퇴직제도 : 연방ㆍ주ㆍ지방의 공무원에 대한 제도이다.
- 제대군인의 생활보장 및 연금제도 : 군대생활 중에 부상한 경우나 제대 후의 생활을 보장하는 제도이다.

사회보장제도를 유지하고 또 각 노동자가 사망시 보장을 받기 위해서는 수입이 있을 때 납세해 두지 않으면 안 된다.

이 제도는 국가적인 것으로, 지역이 넓고 동성동명의 사람도 많기 때문에 세무상의 혼란을 막기 위해 노동자 개개인에게 번호를 붙이도록 되어 있다. 따라서 미국에서 수입을 얻고 있는 사람이라면 누구나 이 사회보장번호를 취득해야 한다.

외국인으로 이 번호를 취득할 수 있는 사람은 다음과 같다.

Form I-94에 '노동허가(Employment Authorized)'의 스탬프가 있는 사람, 영주권을 취득한 사람, 외국인으로 Non-Work의 스탬프를 얻은 사람(신분증의 역할) 등이다.

이 번호를 취득하기 위해서는 여권이나 영주권을 지참하고 사회보장국에 가서 Form SS-5 사회보장번호 신청서(Application for a Social Security Number Card)를 제출해야 한다. 신청용지는 사회보장국에 비치되어 있고 우체국이나 시청 등에도 있다. 아니면 업종별 전화번호부(Yellow Pages)의 'United States Government Health Administration'의 항에서 가장 가까운 사무소를 찾아 연락하면 보내 준다. 사무소는 전국에 1,300여 개나 있고 미국의 아주 작은 도시, 마을에도 있다.

다음은 사회보장제도의 종류이다.

• 메디컬(Medical)

캘리포니아 주 정부가 관장하는 프로그램으로 캘리포니아 주 내의 영세민을 위한 의료 혜택을 말한다. 이 프로그램은 연방 정부와 캘리포니아 주 정부가 반반씩 부담하여 운영되어 왔는데 최근 대폭적인 예산 삭감으로 내용이 일부 개정되었다.

자격요건으로는 다음과 같다.

첫째, 미국 정부에서 시행하고 있는 각종 생활보조금의 수혜자이면 연령에 관계없이 자동적으로 받을 수 있다. 많은 노인들이 혜택을 받고 있는 보충보장소득(Supplemental Security income)이나 부양가족보조(AFDC) 등을 받게 되면 메디컬은 자동적으로 지급된다.

둘째, 각종 생활보조금을 받지 않을 경우에는 우선 연령이 65세 이상이거나 21세 미만이어야 한다. 단, 맹인이나 심한 질병으로 고통받고 있는 신체장애자나 임산부는 예외로 연령의 제한을 받지 않는다.

또한 2인 가족의 소유 재산 총액이 2,300달러 이상이라고 판정되면 자격이 해지되고, 자동차 한 대는 재산목록에서 제외된다. 수입이 많다고 하여 무조건 자격이 없는 것은 아니다. 다만, 수입이 가족 수에 따라 정해진 생활필수금액을 초과하면 그 초과액만큼 자기의 병원비 가운데 일부를 부담하면 된다.

• 메디케어(Medicare)

메디컬이 캘리포니아의 극빈자를 위한 의료혜택이라고 한다면 메디케어는 연방 정부에서 시행하고 있는 건강보험제도라고 할 수 있다. 65세에 정년퇴직하면 그 동안 공제된 사회보장 세금으로 메디케어 요금이 납입되어 건강보험이 효력을 발생하게 되는 것이다. 메디케어는 그 신청자의 재산 유무에는 하등의 관계 없이 지급되며, 65세 이상인 자 이외에도 신장병 환자나 일정한 신체장애자이면 받을 수 있다.

연방 정부의 보건후생부 보건재무국(Health Care Financing Administration)에서 관장하며, 업무는 각처에 소재한 사회보장국 사무소에서 취급하고 있다.

• 메디케이드(Medicaid)

저소득층 또는 의료비의 지출이 총수입금의 25%가 넘는 가정을 대상으로 연령에 관계 없이 의료비의 혜택을 주는 제도이며, 메디케이드를 취급하는 의사와 병원은 따로 주 정부에 등록되어 있다.

메디케이드를 시행하는 의사는 메디케이드를 받는 환자로부터는 치료비를 별도로 청구할 수 없게 되어 있고, 의사는 정부의 의료 보장정책에 의하여 최소한의 의료비를 정부로부터 보상받는다.

• 식품권(Food Stamp)

농무부에서 운영하는 것으로 저소득층 사람들이 각종의 영양분을 충분히 섭취할 수 있도록 하는 데에 그 취지가 있다. 저소득층의 식품 구매를 돕기 위해 쿠폰제도를 마련하여 무상으로 지급하는 농산물의 구매를 촉진시키는 방법으로, 저소득층뿐 아니라 천재지변, 도난 등으로 지출이 수입보다 많은 가정도 해당된다. 추가사회보장금(SSI)을 받는 노인층 가정은 독립하여 생활할 경우 서류상으로 신청하면 자동으로 지급된다.

지급액은 가족 수와 연수입에 의해서 결정되는데 현금으로 주는 것이 아니고 푸드 스탬프 쿠폰으로 지급된다.

• 보충보장소득

대부분의 노인들이 혜택을 받고 있는 프로그램이다. 이 보조금은 같은 연방 정부 사회보장국에서 관장하는 연금제도와는 전혀 다른 것으로 다음과 같은 조건이 갖추어지면 적격자로 판정된다.

만 65세 이상의 고령자, 맹인, 65세 미만의 신체장애자로서 장기적인 취업에 종사할 수 없는 영주권 또는 시민권 소유자와 독신인 경우 동산의 소유액이 1,600달러 이하, 부부인 경우에는 2,400달러 이하일 때 적용된다.

• 추가사회보장금(Supplemental Security Income)

1974년에 제정된 사회보장금(Social Security Benefit)으로 생계가 부족한 65세 이상의 저소득 은퇴자, 혹은 전혀 소득이 없는 사람, 불구자, 맹인(이들은 연령 제한 없음)에게 추가로 지급되는 사회보장금이다.

저금, 증권 또는 생명보험 가치액이 독신은 1,500달러, 부부는 2,200달러가 넘으면 초과액을 신고해야 한다. 수혜자가 불로소득(예:사회보장연금, 생명보험금, 자녀로부터 받는 보조금, 심지어 생일 축하금까지)이 있을 경우 20달러까지는 무관하나 20달러가 넘는 수입은 사회보장성에 보고해야 하며, 보고된 금액은 다음 달 지급액에서 공제된다.

수혜자가 근로소득(봉급)이 있을 경우 65달러까지는 무관하나 65달러 이상의 금액은 전액의 50%를 다음 달 지급액에서 공제하고 지급한다.

미국으로, 남들보다 한 살이라도
더 어릴 때 보내지는 아이들!

⋮

영어교육의 1번지, 대한민국.

우리나라는 그 교육열로 인해 해외 언론에 자주 소개될 만큼 이미 '교육' 면에서는 세계적으로 유명한 국가이다.

미국의 방송 프로그램 중 하나인 '믿거나 말거나 TV'에서는 동양의 한국이란 나라에 대해 소개하는 부분에서 '모든 학생들이 새벽 별을 보고 등에는 무거운 가방을 든 채 학교에 갔다가, 밤 늦은 시각 자정이 가까워져서야 집으로 돌아온다'고 했을 만큼 해외에 비친 한국의 교육 열은 이미 세계 각국을 감동시키기에 충분했다.

그 대표적인 것이 '조기 유학'으로 우리나라 사람들의 조기 유학 사정을 알고 보면 상황이 심각하다는 것을 인식할 수 있다. 조기 유학 또 한 그 문제점과 이득에 대해 찬반양론이 있기는 마찬가지이다.

미국 유학은 한때 사회문제가 되었던 오렌지족 유학생을 비롯하여

도피성 유학과 조기 유학을 유발시켰다. 그러나 이들 중에는 어학 능력 미비에 따른 부적응으로 귀국하거나 중퇴를 당하거나, 관광·방문비자로 가서 공부하다 재입국을 거절당하는 사례는 물론이고, 일부 자녀들의 병역 기피 수단으로 이용되는 등 악순환이 계속되었다.

하지만 유학, 더구나 조기 유학이 무조건 나쁘다는 것은 아니다. 외국에서 열심히 공부하고 성실하게 생활하는 유학생도 많으며, 그들은 대부분 이상을 갖고 공부한다.

여기서 말하고자 하는 것은 미국에 대한 우리나라 사람들의 이중적인 잣대와 태도이다.

최근 촛불 시위를 비롯해 사회 전반으로 퍼지는 '반미' 분위기를 우려하는 사람들의 목소리가 늘고 있다. 평화적으로 출발했던 촛불 추모 행사에 '정치적' 단체가 개입되었다는 소식에 그 순수했던 의미조차 변질되는 것은 아닌지 우려하는 사람들이 많아졌다는 뜻이다.

그렇다면 미국 사람들의 눈에 비친 한국인들은 어떤 모습일까?

미국으로 유학생을 가장 많이 보내는 나라 대한민국, 그리고 최근 벌어졌던 촛불 시위와 주한미군 철수를 주장하는 일부 한국인들. 그 사이에서 상당히 어리둥절한 상태일 것이다.

지난 2002년 12월 30일.

서울의 한복판 광화문에 모인, 적게는 5천 명에서 많게는 5만 명에 이르는 시민들이 촛불을 들고 미국 대사관 앞으로 다가설 때, 미국에는 하버드대, 예일대, UC버클리대, UCLA, MIT, 뉴욕주립대, 카네기멜론대, 존스홉킨스대, 퍼듀, 시카고, 보스턴, 조지워싱턴대, 오하이오주립대 등 유수의 명문대에서 공부하는 한국 유학생들이 있었다.

미국에 비친 한국인들과 한국에 비친 한국인들, 그들 스스로가 모순에 빠진 것은 아닐까?

얼마 전부터 한국 부모 사이에서 불기 시작한 조기 유학의 세태도 그렇다. 한국 부모가 어린 자녀를 미국에 유학 보낼 때 참고해야 할 미국의 학교 사정에 대해 잠깐 알아보자.

미국의 중·고교 과정은 7학년~12학년으로 한 학교에 중·고등학교가 함께 있으며, 남녀공학·여학교·남학교 등으로 구분된다. 입학은 학교별로 원서 마감 시한을 두어 결정하는데, 명문학교는 1월~2월에 이미 그 해 9월 학기의 신입생이 모두 결정된다. 문제는 역시 돈, '경비'이다.

유학 경비는 연간 5,000~25,000달러까지 들기도 하는데, 시설과 강사진을 인정받는 학교의 경우에는 20,000~30,000달러 정도가 필요하다. 조기 유학을 가겠다고 해서 모두 대상자가 되는 것은 아니다.

TOEFL, SSAT라고 하는 영어시험, 현재의 성적, 추천서, 공부 계획서, 그리고 부모님의 재정 서류가 입학 사정의 자료로 활용되며, 아이의 현재 성적도 중요하지만 미국에서 가장 중요하게 생각하는 것 중 하나가 바로 부모의 재정 상태로, 입학 여부를 결정하는 데 가장 큰 영향을 준다.

지난 1999년에 조기 유학생 수는 1만 1,237명으로 1998년의 1만 738명보다 4.7%(499명)가 늘었고, IMF 이전인 97년에는 1만 2,010명의 수준에 이르렀다. 이는 나라 전체가 IMF라는 경제 위기로 힘겨울 때조차 미국으로 조기 유학을 떠나는 학생들은 더 증가했음을 보여 준다.

더구나 조기 유학이 제한적으로 허용되는 예·체능계 학생과 특수 교육 대상자 등 정식 절차를 거쳐서 유학가는 학생은 189명뿐이고, 이민 유학생이 5,709명, 외교관이나 기업체 해외 주재원 등의 자녀가 3,689명, 불법 유학생이 1,650명이다.

특히 불법 유학생 가운데는 초등학생이 405명으로 1998년의 208명보다 두 배 가까이 늘었고, 전체 중 불법 유학생이 차지하는 비율이 24.5%로 98년(18.4%)보다 늘어나 초등학생들의 무분별한 불법 유학이 확산되는 실정이다.

이는 아이에게 영어교육을 시키겠다는 것인지, 아니면 불법을 가르치는 것인지 한국 부모들이 자성해야 할 부분이다.

제아무리 5~7세 또는 그보다 더 어린 나이에 영어교육을 시킨다 하더라도 영어를 1~2년 쓰지 않으면 금새 잊어버린다. 대학생들 중에도 외국 연수를 다녀오고 유학을 다녀와서조차 다시 영어학원에 입학하는 경우가 대부분이니, 조기 영어교육이 얼마나 무모한 일인지는 공감하는 바가 크다.

또한, 우리의 한글을 통해 정서를 익혀야 하는 어린 나이에 주위에서 잘 사용하지도 않고, 특히 부모님과 의사소통이 되지도 않는 영어를 배운다는 것은 나중에 부모와 자식 사이의 대화 단절을 초래할 뿐만 아니라 영어교육의 성과에도 긍정적이지 않다.

아주 오래 전부터 꿈꿔온 미국, 그러한 예전의 미국에 대한 상상을 요즘 부모 세대들이 아직까지 하고 있다는 것이 안타까울 따름이다.

우리나라 부모들이 희망하는 미국 조기 유학, 과연 미국의 교육 상황은 어떤지 조금 더 자세히 알아보자.

미국의 교육제도

미국의 교육제도는 초 · 중 · 고등학교 과정이 우리나라에 비해 다양하다.

의무 교육의 연한은 각 주의 법률에 맡기고 있어 일률적이지 않다. 거의 모든 주가 9년이고, 오하이오 주와 유타 주는 12년, 오클라호마 주·오리건 주·뉴멕시코 주는 11년, 캘리포니아 주와 애리조나 주는 8년이며, 연령은 16세까지로 정하고 있다.

공립학교의 교육은 주 정부가 관여하는 부분과 각 학구가 독립적으로 행하는 부분으로 나뉘어진다.

주 정부는 교육정책의 대강을 결정하며 의무교육의 연한을 결정한다. 또한 교원면허증을 수여하거나 교육 전체의 예산 보조 등을 집행한다.

각 학군은 자문 기관으로 교육위원회(District Board of Education)가 있고, 각 학구의 교육장이 동위원회의 자문을 받으면서 커리큘럼의 설정, 채용, 축제일의 결정 등을 집행하고 이들 교장, 교원과 더불어 각 학교의 운영과 교육에 참여한다.

교육비는 연방 정부, 주 정부, 시(市)가 부담한다.

주요 입학시험 및 자격시험 안내

• SAT(Scholastic Apitude Test : 학업적성검사)

SAT는 우리나라의 대학예비고사와 같은 시험으로 그 득점 결과에 의해 대학입학이 결정되므로 매우 중요한 시험이라고 볼 수 있다. 미국에 있는 3천 3백여 개의 대학입학 기준이 바로 이 SAT에 의해 결정된다.

1920년대부터 실시되어 온 이 SAT 시험은 학생들 각자의 능력과 소질을 평가하기 위해 시행된 것으로 Verbal Section(어휘력, 독해력, 언어추리력을 포함한 800점 만점의 영어시험)과 Mathematical Sections(대수, 기하, 산수를 포함한 800점 만점의 수학시험)을 측정하기 위한 5지선다형 시험이다.

보통 대학입학선발시 가장 중요하게 여기는 것은 SAT 점수, 고등학교 성적, 학교과외활동 순이다. 경우에 따라서는 학교장의 추천서, 교

과목선생님의 추천서, 사회 저명인사의 추천서를 요구하기도 한다.

SAT는 미국 정부가 주관하는 시험이 아니고, 각종 시험전문기관인 E.T.S.(Educational Testing Service)에서 실시한다. 1년에 6번(1, 3, 5, 6, 11, 12월) 있고 보통 11, 12학년 때 치룬다.

주의해야 할 사항은 감점제도가 있으므로 가급적 자신 없는 문제는 풀지 않는 것이 좋다. 추측에 의한 답 선정이 정답이 아닐 경우 감점의 대상이 되기 때문이다.

• ACT(American College Testing)

ACT 역시 대학입학시험으로 SAT 대신 이 시험을 요구하는 경우가 있다. 이 시험은 영어, 수학, 사회과학, 자연과학 4부분으로 나뉘어 출제되며 1년에 5번(2, 3, 6, 10, 12월) 있다.

그러나 ACT 테스트는 SAT(학업적성검사)와 달리 학력고사이므로 11학년 봄학기 이후에 보는 것이 좋으며, 가능하면 재시험을 삼가하는 것이 좋다.

각 대학에서 입학을 위한 필수 시험으로 SAT를 요구하는지 아니면 ACT를 요구하는지 자세히 알고 입학시험에 대비하는 것이 바람직하다. 테스트 시간은 2시간 40분이며, 36점 만점에 보통 평균 점수는 18점에서 21점으로 나타나고 있다.

• PSAT(Preliminary Scholastic Aptitude Test)

PSAT는 SAT 예비시험으로 보통 11학년에 치루게 되며 SAT와 마찬가지로 영어, 수학 두 과목에 걸쳐 5지선다형으로 출제되는데, 소요시간은 각 50분씩 100분간 실시된다.

이 PSAT의 특징은 NMSC(National Merit Scholarship Corporation)에서 우수한 학생에게 수여하는 장학금 혜택을 받을 수 있는데 선정 방법은 각 주별로 톱스코어를 받은 학생(Semifinalists)을 선출한 후 다시 결선 진출자를 선정하여 최종적으로 장학금 수혜자를 선정한다. 최고 4년 동안 1년에 4,000달러씩 수여한다.

PSAT는 소속 학교를 통해서 응시원서를 제출하며, 응시료 또한 학교에서 지불한다.

이 테스트는 10월에 주어지고 12월에 그 결과를 소속학교 또는 장래 지망을 원하는 대학에 통보하게 된다. 시험을 치를 때 주의해야 할 점은 SAT와 마찬가지로 모르는 문제가 있을 경우 가능하면 그대로 남겨두어야 좋다. 왜냐하면 정답 이외의 답 선정은 감점의 대상이 되기 때문이다. 따라서 자신 없는 문제는 풀지 않는 것이 좋다.

• SSAT(Secondary School Admission Test)

SSAT는 초등학교 5학년에서 10학년 과정에 있는 학생이 6학년에서 11학년까지 이르는 학년에 진학하고자 응시하는 5지선다형 시험이다. 시험 내용은 영어, 수학에 걸친 전반적인 수험생의 능력을 테스트하는 것으로 많은 학교가 이 시험을 요구하고 있다.

시험은 1년에 6번(1, 2, 3, 4, 6, 12월) 토요일에 실시되며, 각 학교는 학교의 기준에 의하여 학생의 시험 결과를 고려하기 때문에 커트라인이 정해져 있지는 않다.

SSAT는 상위 등급과 하위 등급으로 나뉘어 실시되는데 하위 등급은 5~7학년, 상위 등급은 8, 9학년으로 문제의 난이도를 높이거나 낮추어 등급을 구별하고 있다.

이 시험은 엄격한 규칙을 적용하기 때문에 시험관의 지시를 엄수하여 시험이 무효화되지 않도록 주의해야 한다. 이 시험 역시 감점제가 적용되므로 가능하면 자신 없는 문제는 풀지 않는 것이 좋다.

46

• Achievement Test

대학입학시 요구되기도 하고 혹은 요구하지 않는 경우도 있으므로 진학하고자 하는 해당 학교의 입학요강을 자세히 살펴볼 필요가 있다.

이 시험은 보통 특수과목(영문학, 역사, 수학, 불어, 독어, 히브리어, 라틴어, 스페인어, 생물학, 화학, 물리)을 중점 테스트하기 위해 실시되기 때문에 미리 입학요강을 보고 대비하는 것이 좋다. 작문시험의 경우 5지선다형 및 20분간의 글짓기를 실시하고 있으며, 시험은 1년에 5번(1, 5, 6, 11, 12월) 실시된다.

주의할 것은 유럽 역사와 세계 문화, 독일어, 히브리어, 라틴어 시험은 5, 12월에, 작문은 12월에만 실시한다. 보통 명문대학에서는 입학사정 조건으로 이 시험을 필수적으로 요구하는 추세이다. 시험 문제는 5지선다형이며 시험 시간은 60분이다.

• GED(General Educatinal Development Testing Program)

GED는 한국으로 치면 대입검정고시와 같은 시험으로, 이 시험을 통과하면 고등학교 졸업 자격증을 수여한다.

역시 5지선다형 시험으로 작문, 사회(경제, 지리, 정치, 역사, 행동과학), 과학(생물, 지학, 화학, 물리), 독해력, 수학 5과목을 테스트하며 시험시간은 각 75분이다.

합격 점수는 각 주마다 다르므로(뉴욕 주의 경우 각 과목 최저 35점 이상, 전체 평균은 45점 이상) 그 요강을 잘 살펴보아야 하며, 그 밖에 나이 제한(뉴욕 주는 19세 이상)과 지역내 거주 기간(뉴욕 주는 30일 이상) 등의 제한 요건이 있으므로 주의해야 한다.

이 시험은 다른 시험과는 달리 감점제도가 없으므로 모르는 문제라도 전부 체크하는 것이 좋다. 뉴욕 주의 경우 응시생 중 80%가 GED 시험을 통과하는 것으로 나타나고 있다.

• 뉴욕시 특수 고등학교 입학시험(The NYC Specialized High School Entrance Examination)

이 시험은 매년 12월 초 8학년 혹은 9학년 학생 중 특수 고등학교에 입학을 원하는 학생들을 대상으로 실시된다.

특수 고등학교는 Styvensant High School, Bronx High School of Science, Brooklyn Technical High School 등 3개 학교로 같은 입학시험이 주어지며, 학생들은 그들이 가고 싶은 학교를 1지망에서 3 지망까지 선택하여 지원할 수 있다.

합격선은 모집 인원 수와 수험생의 득점에 의해 정해지며, 입학시험 점수를 높은 점수에서 낮은 점수까지 순위를 매긴 다음, 가장 높은 점 수부터 모집 정원에 맞추어 합격자를 선발한다.

시험 시간은 105분, 120문제의 5지선다형으로 되어 있으며 틀린 답 에 대한 감점제가 적용되지 않는다.

• 헌터중학교 입학시험(Hunter College High School Entrance Examination)

수재들만이 입학하는 천재학교로 널리 알려져 있는 이 학교의 입학 자격은 6학년에 재학 중인 학생으로 SAT(Standardied Achievement Test : 학업적성검사)에서 영어, 수학 공히 모두 우수한 성적을 보인 학 생으로서 소속 학교장의 추천을 받은 자에 한한다.

따라서 공립학교 학생의 경우 매년 치르는 Citywide Test가 SAT 의 평가 기준으로 인정되며 Citywide Test에서 헌터중학교에서 정한 합격선 이상의 점수를 획득한 학생에 한하여 헌터중학교에서 소속 학 교장에게 직접 통보해 주고, 학교장은 다시 학생들에게 이를 통보해 준다.

그러나 사립학교에 재학 중인 학생의 경우 Citywide Test 대신 사립

학교 자체 내에서 실시하고 있는 시험으로, 헌터에서 SAT 범주에 속하는 것으로 인정하는 시험에서 적정 수준 이상의 점수를 기록했을 때 역시 입학시험을 치를 수 있는 자격을 부여한다.

헌터고등학교는 7학년만 모집하며, 일단 7학년에 입학하면 고등학교 졸업시까지 계속해서 머무르게 된다. 따라서 편입시험 등은 일체 없다.

경쟁률은 보통 3,000여 명이 지원하여 280명 정도를 선발하게 되는데 3,000여 명 자체도 이미 경쟁을 통해서 선발된 학생들이기 때문에 입학하기까지의 실제 경쟁률은 어마어마하다.

대학입학은 어떻게 하나?

미국 대학은 입학시험이 없는 대신 입학자격을 세심히 평가한다. 일반적으로 대학 당국이 관심을 가지고 검토하는 사항들은 다음과 같다.

SAT(Scholastic Aptitude Test : 학업적성검사) 점수, ACT(American College Testing Program) 점수, 고등학교 3년 혹은 4년간의 전 성적, 고등학교 성적이 뛰어난 학과와 성적이 낮은 학과, Achievement Test(College Board가 실시하는 각 필수과목에 대한 학력검사), 과외 활동 기록, 학교 출석률 및 품행, 교사 및 Guidance Counselor의 추천서 등이다.

대학 신입생 선발 사정 때 중시하는 것

선택 과목의 난해도, 난해 과목의 점수, 출신 고교의 경쟁률, 교사 · 교장의 학생에 대한 평가, SAT 시험 성적

좋은 대학에 가려면 고등학교 재학시절에 좋은 성적을 올리는 것도 물론 중요하지만, 선택 과목을 어려운 것으로 택하는 것이 가장 중요하다. 대학은 GPA(평균 학점)를 높이 유지하느라 다른 활동은 아무것도 안 하려는 학생보다 평균 학점이 낮더라도 난해 과목의 성취도나 다른

활동을 중시하는 학생을 원하기 때문이다.

이 밖에 입학 상담자들이 지적한 일류대학 입학에 도움이 되는 것들은 특별한 재능이나 관심 분야를 키우는 것, 입학원서에 대담하고 창조적인 에세이를 쓰는 것, 면접을 잘 치르는 것 등이다.

학군의 우열

미국 공립학교의 시스템은 각 지역 학군으로부터 시작된다. 학군이란 주 정부가 지역 주민의 요구와 특성에 맞게 학교 시스템을 관장하기 위해 마련한 자치단체이다. 미국 전역에는 현재 약 1만 6천 개의 학군이 있으며 뉴욕 시에는 32개의 학군이 있다. 뉴욕 시의 각 학군은 대략 1만 2천~3만 명의 학생 인구를 기준으로 나뉘어져 있다.

학군은 주에 따라 또 그 형태와 수, 크기에 따라 '일반 학군', '타운십 학군', '연합 학군' 등이 있다. 맨하탄, 브롱스, 브루클린, 퀸즈, 스태이튼아일랜드로 이루어진 뉴욕 시에는 622개의 공립학교에 약 1백만 명의 초·중·고생이 재학 중이며 교사는 약 6만 5천 명이 있다.

학군은 지역 교육위원회에 의해 관장되며 보통 5~9명으로 구성되어 있다. 동 교육위원회는 최고 책임자인 감독관을 선출하며 교육위 구성원은 교육구 내 주민의 투표에 의해 선출된다. 교육위원회는 '1969지방분권령2590조'에 따라 결정하고 이에 따른 정책입안, 평가제도를 마련한다.

맨하탄의 경우 번호가 1에서 12까지 붙여진 12개의 학군이 있으며, 브루클린은 13에서 22까지의 학군이 포함되어 있다.

교포 학부모들의 지대한 관심이 쏠리고 있는 '학군의 우열'은 학군 내에 있는 학교들의 성적이 좋고 나쁨에 따라 가려진다. 각 학군마다 적당 수의 학생이 있어야 적합한 예산을 배정받아 학생들에게 유용한 종합 프로그램 등을 다양하게 실시할 수 있으므로, 어느 한 학군에 몰리는 과밀현상은 바람직하지 않다. 대부분의 브루클린 학군과 맨하탄의 제6학군은 학생 과밀이 문제되고 있다.

한국 교포들에게는 퀸즈의 베이사이드, 리틀넥, 포레스트힐 등을 포함하는 학군이 좋은 것으로 알려져 있는데, 각 학군 내 학교들의 성적은 뉴욕 시가 매년 정규적으로 실시하는 평가시험에 잘 반영되어 있다.

우수한 평가시험 결과, 명문 상급학교 진학률 등의 공통점 외에 좋은 학군들이 안고 있는 특징은 전철이 닿지 않는 지역, 대형 아파트가 별로 없는 지역, 교직원 및 학생들의 소수 민족 비율이 낮고 유태인계 주민이 많이 거주하는 지역 등이다.

자료협조(www.madeinkorea.com)

그녀의 이름은 미건(Mighan)

대학 영자신문사 기자로 각종 행사, 특히 국제 행사에 관심이 많 았던 나는 당시 과 교수님이 국제 행사 관련 단체의 소속이라 는 것을 알고, 여름방학을 활용해서 국제 행사에 참여하고 싶다고 조른 적이 있었다. 결과는 물론 오케이였다.

나는 한국 정부에서 후원하고 산하 단체가 주관하는 행사에 참여하 게 되었고, 또다시 '미국' 그리고 '한국'에 대한 가치관을 생각해 보게 되었다.

7박 8일간의 일정으로 한국에서 매년 열리는 이 국제 행사는 서울을 비롯하여 경주, 충무 등 한국의 문화유적지를 외국인들과 같이 여행하 며 미래 국제사회에서 다시 만나게 될 친구로서 교분을 만드는 데 그 취지가 있다고 했다.

행사에는 세계 각국 대학생들에게 우선 참여 기회를 주고, 한국 대학생들의 경우 '영어 실력'과 인성 등이 참가 결정의 기준이 되었다.

　지금 생각해 보면, 당시 국제 행사에 참여한 한국 대학생들의 경우 대부분이 서울대, 연·고대를 비롯하여 이화여대, 외국어대 등의 학생이었던 것으로 기억한다.

　드디어 행사 첫째날. 간단한 행사 참가서를 작성하고 각자 방으로 배정된 각국의 젊은이들은 세계에서 온 이국 친구들을 사귀느라 바빴다.

　하지만, 외국 학생들은 멕시코, 미국, 유럽 등 어느 나라에서 참가한 사람이건 간에 자유롭게 상대에게 다가가 인사를 하고 친구가 되는 모습을 보여 주었던 반면, 한국 참가자들은 외국 연수나 기타 유학 등으로 외국을 다녀온 참가자들만 외국인들과 자연스럽게 어울리는 정도였다. 사실 행사 첫날 분위기치고는 별로 이상할 것도 없는 날이었다.

　행사 둘째 날이었다.

　첫날의 친목 활동 부진을 씻어내기라도 하듯 한국 참가자들의 활동이 두드러졌다. 한국인 참가자들은 대개 2~3명씩 짝을 지어 다니며 외국인 참가자에게 접근했고, 몇몇 영어 실력을 갖춘 용감한(?) 한국인 참가자는 단독으로 외국인과 즐겁게 어울리기도 했다.

　문제는 그 날 저녁이었다. 모든 공식 일정을 마치고 휴식에 들어간 행사 참가자들이 삼삼오오 짝을 지어 호텔 로비로 나오게 되었고, 물론 나도 행사 참가자로서 행동을 같이 했다.

　이미 몇몇 한국인은 여러 번 거쳤던 국제 행사였지만 대다수는 나처럼 처음 참가하는 행사였다. 하지만 행사는 첫날과 그 이튿날의 분위기가 영 달랐다.

　용감해진 한국인이었다.

　참가자들과 같이 놀러간 나이트클럽에서의 용감한(?) 행동 덕에 오히려 당황한 쪽은 외국 참가자들이었다. 몇몇 한국 여성 참가자들에게 국한된 얘기였지만 같이 춤을 추던 파트너에게 지나친 스킨십을 시도한다든지, 분위기에 휩쓸린 나머지 지나친 과음으로 몸을 제대로 가누지 못하는 사람도 몇 있었다. 그 외에도 볼썽 사나운 일들이 많이 벌어졌는데 대부분 한국 참가자들에 의한 것이었다.

그에 대한 한 외국 학생의 말이 걸작이었다. 그녀의 이름은 미건(Mighan). 미국에서 온 재기발랄한 대학생이었다. 각 조별로 짜여진 그룹의 리더로서 운영위원회의 스탭들과 항상 빈틈없이 일을 처리하는 모습에 모두들 감탄하던 미국 여성이었다.

"한국에 오기 전 한국에 대한 책을 보며 생각한 것과는 사뭇 다르다. 한국이 이토록 자유롭고 활기찬 나라였는가? 난 한국이 좋다. 다시 오고 싶다."

이 말을 듣고 역시 한국인으로 태어난 것이 자랑스럽다고 느낀다면 그 또한 잘못된 생각이다. 미리 밝혀두지만 한국인이 외국 영화에서나 보는 미국문화는 사실과 너무 다르다. 영화는 영화일 뿐이다. 오히려 미국의 경우 사회적으로 대우받는 상류층의 사람들일수록 철저한 자기관리와 깍듯한 대인 관계로 동방예의지국인 한국이 무색할 정도이다.

미건은 미국에서 대학 총학생회장으로 활동 중인 수재라고 들었다. 그런 그녀가 한국에 와서 무척 당황스러웠던 모양이다.

그 문화의 차이는 바로 우리나라와 외국에서 생각하는 '파티문화'가 다르기 때문이다. 우리나라의 파티문화에 대해 알아보자.

우선, 우리나라에 파티가 있었던가?

생일 파티나 명절 연휴가 고작인데, 명절 연휴에는 가족이 모이면 음식 준비로 분주하고, 식사 후엔 화투판이 벌어진다. 개중엔 윷놀이나 장기 또는 바둑을 두는 사람들도 있지만 대체로 앉아서 하는 놀이가 대부분이다. 하루 종일 화투를 치다보면 다리가 저리고 허리가 뻐근해서 일어나기조차 힘드므로 즐거운 파티라고 하기엔 무리가 있다.

그렇다면 직장 회식은 어떤가?

저녁식사부터 시작하는 대개의 회식은, 말단 사원은 연신 고기를 구워내고 직장 상사는 반찬이 많이 놓인 편한 위치에 앉아 편안히 고기를 먹으며 이따금 회사 직원들을 격려해 주는 역할이 전부이다.

고깃집에서의 1차가 끝나면 노래방이나 나이트클럽으로 가서 낯선 사람들과 어울려 몸을 억지로 흔들거나, 그것도 싫으면 술을 잔뜩 먹고 취해서 제정신이 아닌 상태로 떠들고 노는 것이 고작이다.

그 외에 또다른 한국인의 파티가 있었던가?

물론 옛날, 그러니까 아주 오래 전에는 탈춤이나 농악놀이도 있고, 이따금 벌어지던 동네 굿판도 볼거리 중의 하나였다. 하지만 요즘 우리 한국인의 파티라고 하면 남자들끼리 어울려 가는 단란주점, 룸살롱 등의 술집 문화가 고작이고, 다같이 즐거워야 할 명절에 여성들은 스트레스로 고생하는 사람들이 많다.

하지만 외국, 특히 미국만 해도 파티문화는 어떤가? 여기서 미국의 파티문화에 대해 간단히 소개해 본다.

미국의 파티

미국인에게 있어서 파티는 윤활유와 같다. 그들은 파티를 좋아하며 실제로 파티를 즐긴다. 어린이부터 노인에 이르기까지 파티는 평생 함께 따라다닌다. 파티의 종류에 따라서는 호스티스(hostess)로서의 아내의 태도가 남편의 일에 영향을 끼치는 경우가 있을 정도이다.

상대방의 흥미를 민감하게 알아내어 화제를 제공하는 호스트, 호스티스야말로 사교술이 좋다고 할 수 있다.

대부분의 파티에서는 필요 없지만, 많은 사람들이 회비를 모아 개최하는 파티일 경우, 연예인 초청이라든가 어떤 준비가 필요할 때가 있다. 그럴 경우에는 전화부의 파티 정보, 대행서비스(Party Information and Planning Service나 Party Supplies Retail and Rental) 등의 항을 찾아서 문의하면 된다.

미국에서의 파티는 형식을 갖춘 성대한 파티도 있지만, 일반적으로는 음료수와 간단한 스낵 정도를 준비하는 파티가 많다.

파티의 초대는 대개의 경우 전화 아니면 구두로 하는데, 때로는 정식으로 초대장을 보낼 때도 있다. 초대장의 경우 카드 아래 부분에 R.S.V.P.(프랑스어 R'epondex s'il Vous plait = "Please reply")라 씌어 있으면 반드시 참석 여부를 회답해야 한다.

파티의 종류에 대해 알아보자.

디너 파티(Dinner Party)

육류요리 중심으로 차려지며 육류가 없을 경우에는 그것을 대신할 만한 요리가 준비된다. 일반적으로 식사 전의 술과 식후의 스낵을 포함한 풀코스로 이루어지며, 격식을 가장 잘 갖춘 파티이다.

값비싼 재료와 여러 가지 호화로운 그릇을 사용하므로 사람의 수가 적은 파티에 알맞다. 같은 파티일지라도 사람의 수가 많을 경우는 뷔페 스타일, 다시 말해서 입식(立食)형으로 열며, 입식이라 할지라도 적당히 의자를 찾아 앉게 되어 있다.

음료는 주류, 콜라, 주스, 우유 등을 준비하지만 종교상의 이유로 주류에는 알코올이 없을 때도 있다. 초대받았을 경우 어떤 선물을 준비해야 하나 고민하게 되는데, 이 때는 상대방에게 전화로 물어보아도 실례가 안되며 상대방도 거리낌없이 요리 한 가지 아니면 포도주 두 병이나 케이크 한 개라고 대답한다.

아무것도 필요 없다고 하면 꽃다발이 무난하고, 술을 좋아하는 집안이면 약간 진귀한 위스키나 포도주가 좋다.

복장은 초대하는 쪽도 초대받은 쪽도 정장을 해야 하는 것이 예의이다. 만일 정식 초대장을 받았으면 회답을 해야 한다는 표시이므로 반드시 전화나 편지로 참석 여부를 알려 준다. 초대하는 쪽은 손님 수에 맞는 여러 가지 준비가 필요하기 때문인데, 이것은 모든 파티에 해당한다.

그리고 미국인은 디너와 서퍼(super)를 분명히 구별한다. 서퍼에 '참석해 주세요'라는 초대를 받으면 함께 식사라도 하자는 뜻이므로 어려워말고 평상복 차림으로 가면 되는데, 대개는 가벼운 식사 정도이다.

포틀럭 파티(Potluck Party)

포틀럭 파티는 미국 특유의 파티 중 하나이다. 참석자가 개인 단위일 경우는 각자 한 가지씩, 가족 단위일 경우는 한 가지 내지 두 가지의 요리를 지참하고 와서 여는 파티로 사람 수가 많으면 많을수록, 또 여러 인종이 모일수록 호화롭고 즐거운 파티가 된다.

요리를 지참하는 데는 두 가지 방법이 있는데, 첫 번째는 어떤 요리라도 상관 없으니 가장 자신 있는 요리를 지참하는 방법이다. 주 요리가 너무 많거나 샐러드 류가 부족한 경우가 있을지도 모르지만 참석자로서는 마음 편히 참여할 수 있다.

두 번째는 요리 준비하는 사람을 정해 놓고 참석자에게 이러이러한 요리를 가져오면 좋겠다고 각자에게 요리를 할당하는 방법이다. 파티가 끝나면 참석자 전원이 뒷마무리를 하고 자기가 지참한 그릇들을 가지고 돌아간다.

생일 파티(Birthday Party)

어른의 경우는 디너 파티와 같은 형식으로 한다. 사람 수가 20명을 넘을 경우도 있으므로 뷔페 스타일이 많다. 복장은 초대하는 쪽도 초대받는 쪽도 정장을 입어야 한다. 대부분 선물은 5~10달러 정도의 것으로 준비한다.

어린아이의 경우에는 가정에 친구를 초대하거나 레스토랑 등을 빌리거나 학교 교실에서 하기도 한다.

6, 7세까지는 각 가정에 친구들을 초대해서 연다. 초대를 받으면 부모가 참석 여부를 알려 준다. 초대할 경우도 부모를 통해서 연락하는 것이 확실하다. 어린이의 자주성을 존중한 나머지 모든 것을 맡겨두면 부모와 자녀 간의 연락이 잘 이루어지지 않아 참석 여부가 분명하지 않게 된다. 파티는 점심 시간이나 3시의 간식 시간에 맞추면 좋다.

부모는 파티가 있는 집까지 데려다 주고 파티가 끝나는 시간에 다시 데리러 온다. 시간은 2~3시간이 적당하다.

초대하는 쪽은 생일 케이크, 주스, 포테이토칩 등을 준비하며, 점심 식사일 경우는 스파게티, 피자, 햄버거 중 하나를 추가한다. 또 아이들에게 줄 캔디나 풍선 등이 든 선물 봉지(party box)를 어린아이의 수만큼 갖추고, 식사 후에 아이들이 즐길 수 있는 놀이도 몇 가지 준비한다.

초등학교 고학년이나 중학생이 되면 맥도날드 같은 음식점을 빌려 파티를 하는 경우도 있다. 음식점에는 이런 종류의 파티에 익숙한 종업원이 있어 파티를 진행시킨다.

1인당 3달러 정도의 예산으로 음식물에서 선물까지 제공하는 가게도 있는데, 가게의 선전을 겸하기 때문에 싸게 해 주는 편이다.

모든 음식점에서 파티가 가능하다고 볼 수는 없으므로 주최자는 미리 음식점 주인과 의논를 한다. 부모가 함께 참여할 경우, 부모의 몫은 보통의 메뉴로 주문하고 각자 지불한다.

초등학교 저학년생은 학교에서도 생일 파티를 열 수 있다. 스낵 시간을 이용해서 하는데, 부모는 컵케이크와 음료를 준비하여 담임선생님에게 보낸다. 선생님의 사정도 있으므로 미리 의논할 필요가 있다.

서프라이즈 파티(Surprise Party)

베이비 샤워와 같은 형식의 하나로, 주인공을 깜짝 놀라게 하는 파티이다. 친구끼리 모여 파티 준비를 끝낸 뒤 주인공에게는 아무 일도 없는 것처럼 파티 장소에 데려가거나, 친구들끼리 상의하여 먹을 것과 선물을 가지고 갑자기 주인공의 집을 방문하여 파티를 여는 경우도 있다.

중요한 것은 분명히 정해진 시간에 친구들이 가야 하는데, 그 시간보다 빠르거나 늦으면 주인공이 내용을 알게 되어 재미 없게 된다.

파자마 파티(Pajamas Party)

슬럼버(Slumber) 파티라고도 한다. 친구 집에 모여 하룻밤을 보내는 아이들만의 즐거운 파티로 보통은 6~13세 아이들의 파티이지만, 때로는 17세까지의 틴에이저가 여는 경우도 있다(이 경우는 소녀들만 해당된다). 특별히 선물은 준비하지 않아도 되며, 파자마를 지참시킨 데서 이름이 붙여졌다. 그 밖에 모포나 슬리핑백을 지참한다.

오줌 냄새를 풍기는 슬리핑백을 지참한 아이를 맞이하는 쪽은 당황하겠지만 그것을 내색해서는 안된다. 즐겁게 놀고 있는 아이들 방에는 간식을 갖다 줄 때 이외에는 들여다보지 않는 것이 법칙이다. 아이들이 어릴 때는 부모들간의 연락도 필요하다.

오픈 하우스 파티(Open House Party)

새 집으로 이사했을 때, 이웃이나 회사 동료를 초대하여 여는 파티로, 한국으로 치자면 '집들이'의 개념이다. 음식은 가벼운 스낵이나 음료를 마련한다. 시간은 다른 파티에 비해 긴 편으로, 오전 11시부터 저녁 5시까지라고 지정되어 있으면 그 시간 안에는 언제 오거나 가더라도 괜찮다. 또 마지막까지 있을 필요도 없으며 30분 정도 있다가 돌아가도 무방하지만, 사람 수가 많아 잇따라 손님들이 오므로 오래 머물지 않는 것이 좋다. 평상복 차림으로 가며 선물은 준비하지 않는다.

또 오픈 하우스 파티는 자녀가 학교를 졸업했을 경우에도 연다. 졸업식에 이웃이나 친지를 초대하는데, 지방의 경우에는 앞·뒷집이 동시에 졸업생이 있어 찾아온 손님들은 현관으로 들어가 스낵을 먹고 뒤뜰에서 다음 집으로 가는 광경도 드물지 않다. 이런 경우에는 작은 것이라도 정성이 담긴 선물을 하면 기뻐한다.

주택지를 걷고 있노라면 '오픈 하우스(open house)'의 입간판이 집 입구에 있는 것을 보게 되는데 이것은 '팔 집입니다. 마음대로 들어오셔서 구경하세요'라는 뜻이다.

그 밖에 학교의 수업 참관일이나 기숙사, 클럽의 일반 공개도 오픈 하우스라고 한다.

칵테일 파티(Cocktail Party)

술을 마시면서 즐기는 파티이므로 반드시 술이 준비되어 있고, 그 밖에 가벼운 스낵과 전채(appetizers)가 있다. 위에 부담을 주는 음식은 없으며, 시작하는 시간은 대개 저녁식사를 마친 후이다.

칵테일 파티는 특별한 때에 열리는 것이 아니고 조그마한 행사가 있을 때나 기념하고 싶은 날에 열린다. 이를테면 '출판을 했으므로', '월급날이므로', '시험이 끝났으므로', '가게를 오픈했으므로' 등이다.

독신이나 학생이 여는 경우도 있지만 대부분 부부 위주로 열리며, 이 경우 부부는 정장을 입고 참여한다. 선물은 준비하지 않는다.

베이비 샤워(Baby Shower)

베이비 샤워는 출산 직전의 임산부와 태어난 갓난아이를 축하하는 여자들만의 파티이다. 장소는 임산부의 집 또는 친구의 집에서 여는 등 특별히 정해져 있지 않다. 티(tea) 파티 형식이며 가벼운 스낵과 음료를 준비하는 경우도 있다.

평상복을 입으며, 선물은 갓난아이를 위해 5~10달러 정도의 물건을 준비한다. 출산 전에는 흰색이나 노란색의 물건이 무난하고, 출산 후인 경우 사내아이에게는 파란색 계통을, 계집아이에게는 분홍색 계통의 물건을 선물한다.

미국에는 어떤 기념일과 특정 행사가 있는지 알아보자.

미국의 연중 행사

1월

• 신년(New Year's Day, 1월 1일)

미국의 신년은 섣달 그믐날(New Year's Eve)의 연장이다. 12월 31일 밤에는 가정에서 친구들을 초대하거나 호텔이나 레스토랑에서 성대한 파티를 연다. 주로 달걀과 우유, 설탕을 섞은 에그노그(eggnog)가 나오고 사람에 따라서는 럼주나 브랜디를 곁들인다.

밤 12시가 되면 종을 울리거나 나팔을 불거나 샴페인을 터뜨려 건배를 하고 "Happy New Year!"를 외치면서 서로 부둥켜안고 키스를 한다. 또 뉴욕의 타임즈 스퀘어로 섣달 그믐날 군중이 모이는 것을 TV로 보며 즐기기도 한다. 그리고 야식을 한 뒤에 집으로 돌아가 잠자리에 든다. 잠자는 신년이 되는 셈이지만 적당한 시간에 일어나 대개는 TV를 켠다.

필라델피아의 유명한 퍼레이드 "Mummer's Parade"나 캘리포니아 주의 패사디나에서 벌이는 유명한 퍼레이드 "Rose Parade"를 보기 위해서이다. 그 퍼레이드 후에는 "Rose Bowl(대학 풋볼 결승전)"이나 다른 풋볼 경기가 진행되므로 1월 1일은 집에서 마실 것을 들면서 TV를 보는 가정이 많다.

• 에피파니(Epiphany, 1월 6일)

기독교의 축제일이며 통상 1월 6일이지만, 때로는 신년 최초의 일요일에 행한다. 가톨릭교회에서는 이 축제일을 세 사람의 동방박사가 어린 예수를 방문한 것을 기념하는 날이라 하여 '삼왕의 축제일'이라 일컫는다.

또한 그리스 정교회(동방교회)에서는 그리스도의 세례를 축하하는 날로 정하고 있으며 '광명의 축제일'이라고도 한다.

크리스마스를 기준으로 열이틀째 날이므로 'Twelfth Day'라고도 하고 'Little Christmas'라고도 한다.

• 대통령의 '일반연두교서' 발표(1월 상순)

신년에 즈음하여 대통령이 향후 1년 동안의 정책 기본 방침을 제시하는 것으로 보통 신년 초에 미국의회 상·하 양원 합동회의에서 낭독된다. 내용은 외교, 국방, 경제, 예산 문제를 중심으로 그때 그때 직면하고 있는 중요한 국제 문제와 국내 문제가 다루어진다. 에너지 문제도 그 하나이다. 또 그 해의 여러 가지 중요 과제에 따라 일반교서연설

(State of the Union Address)과는 별도로 일반교서보고(State of the Union Message)가 발표되는 경우도 있다.

2월

• 성 밸런타인의 날(St. Valentine's Day, 2월 14일)

　기원 후 270년 2월 14일 성 밸런티누스 사제가 순교한 날을 기념하는 기독교의 축제일이다. 축제일로 정해진 것은 7세기의 일이지만 14세기 경부터 종교적 의미가 흐려지고 오늘날과 같이 풍속적인 것이 되었다. 성 밸런타인은 연인들의 수호성인으로 여겨지고 있어 연인들은 물론 부부나 친한 사람끼리도 서로 카드와 초콜릿 등을 교환한다. 초등학생들도 서로 카드 등을 교환하거나 선생님에게 드린다.

• 워싱턴 탄생일(Washington's Birthday, 2월 22일)

　건국의 아버지요, 초대 대통령인 조지 워싱턴의 위업을 기념하여 아이들에게 전하는 날로 워싱턴 벚나무의 일화를 생각하며 버찌(cherry) 파이를 먹기도 한다. 워싱턴의 저택이 있는 마운트 버논에서 기념식이 있으며, 이 날은 각지의 가게에서 여러 가지 세일이 있다.

• 성회 수요일(Ash Wednesday, 2월 4일~3월 9일 사이의 하루)

　부활절에서 일요일을 제외하고 40일 전으로 거슬러 올라간 기간을 사순절, 수난절(Lent)이라고 하는데, 이 사순절 첫째 날이 '성회 수요일'이다. 광야에서 그리스도가 단식한 것을 기념하여 가톨릭교회에서는 이 40일 동안 단식이나 참회를 한다. 이 불의 의식에서 재가 참회의 상징으로 사용된 데서 '성회 수요일'이라는 이름이 붙여졌다.

　로마 가톨릭교회에서는 전 해의 부활절 직전의 일요일, 예수가 예루살렘에 들어간 기념일(Palm Sunday)에 사용한 종려를 태운 재로 사제가 신자의 이마에 십자를 그리던가, 재를 머리 위에 뿌리면서 "너희는 티끌이니 티끌로 돌아가라"고 말한다. 개신교에서는 이러한 의식 대신 구약성서의 신명기에 씌어진 죄에 대한 여러 가지 글을 읽는다.

3월

• 성 패트릭스 데이(St. Patrick's Day, 3월 17일)

4세기 당시 이교도였던 아일랜드에 기독교를 포교한 성자를 축하하는 날이다. 성 패트릭은 아일랜드의 수호성인이며, 세계의 가톨릭교도들이 이 날을 기린다.

미국에서는 아일랜드계 주민이 많은 동부(뉴욕, 보스턴, 필라델피아, 애틀랜타)에서 성대한 행사가 있다. 뉴욕시에서는 푸른(초록) 의상을 입은 참가자의 퍼레이드가 성 패트릭 사원을 지나 5번가를 행진한다.

4월

• 부활절(Easter, 3월 22일～4월 25일 사이의 하루)

그리스도의 죽음과 부활을 기념하는 날로 유대교의 유월절이다. 이스라엘 민족의 이집트 탈출 기념일(Passover)이 기독교에 도입되어 현재의 부활절이 되었으므로 유대교의 춘분절 풍습이 많이 남아 있다.

예를 들면, 부활과 다산(多産)의 상징인 달걀에 그림을 그려 선물하거나, 아이들이 집집마다 돌아다니며 달걀을 얻어 모으는 것도 그 중 하나이다. 축제의 전날 밤에 달걀을 먹으며(가톨릭교회에서는 당일 달걀을 제물로 바치는 곳도 있다), 뜰에 숨겨진 여러 가지로 색칠된 달걀을 찾는 'Easter Egg Hunt'는 아이들에게 인기 있는 놀이이다.

부활절은 춘분(3월 21일) 후의 보름달 뒤에 오는 일요일로 되어 있어 해마다 다르며, 주로 3월 22일에서 4월 25일 사이이다.

세족(洗足) 목요일(Maundy Thursday 또는 Holy Thursday)은 부활

절의 3일 전인데 최후의 만찬을 기념하는 날이다. 이튿날 'Good Friday'는 그리스도의 수난일이며 교회에서는 예배가 있다.

• 벚꽃 축제(Cherry Blossom Festival, 3월 말~4월 말)

초대 대통령 워싱턴과 벚나무의 전설은 유명하다. 그가 살고 있던 버지니아 주는 벚나무가 많고, 지금도 4월이 되면 집집마다 아름다운 벚꽃이 핀다. 벚꽃은 4월 상순에 만발하고 이 기간 동안 성대한 축제가 열린다.

• 만우절(April Fools' Day, 4월 1일)

어린이들에게 인기가 있는 날로, 조크(joke)에 쉽사리 걸려든 사람은 'April Fool'이라 불린다.

5월

• 메이 데이(May Day, 5월 1일)

노동자의 제전이다. 1886년 5월 1일에 미국 36만 명의 노동자가 행한 8시간 노동을 요구하는 스트라이크(strike)와 시위운동이 발단이 되었으며, 1889년 파리에서 개최된 인터내셔널 대회에서 5월 1일을 노동자들의 국제적 축제일로 정했다.

• 어머니의 날(Mother's Day, 5월 둘째 주 일요일)

필라델피아에서 살고 있던 안나 M. 자비스 양은 1908년 5월 9일 어머니를 잃었다. 모친의 기제에 친구를 모아 추도식을 올렸다. 소문은 점차 퍼져 1913년 3월 펜실베이니아 주는 이 날을 '어머니의 날'로 정하고 축일로 삼았다. 연방 의회도 이듬해인 1914년 윌슨 대통령의 입회하에 5월 둘째 주 일요일을 '어머니의 날'로 정하고 축일로 삼는 규정을 내렸다.

이 날은 가족이 모친에게 꽃과 카드와 선물 등을 준다. 모친이 건재하고 있는 사람은 분홍색의 카네이션을, 이미 돌아가신 사람은 흰 카네이션을 가슴에 다는 관습이 있다.

• 전몰장병기념일(Memorial Day, 5월 마지막 주 월요일)

'Decoration Day'라고도 하는데, 무덤을 꽃으로 장식하는 날이라는 뜻이다. 남북전쟁 후 남부의 가족이 남북 양군 병사의 무덤을 꽃으로 장식하고 있다는 소문을 들은 북군의 장군 로건이 1868년 5월 30일에 조국을 위해 전사한 병사들의 무덤을 꽃으로 장식하도록 포고령을 내렸다.

대부분의 주에서는 이 날을 5월 30일로 정하고 축일로 삼고 있었으나, 1971년부터 5월 마지막 주 월요일로 바뀌었다.

제1차 세계대전을 겪은 후 이 날은 전쟁으로 사망한 병사들을 기념하는 날이 되었고, 모든 무덤을 꽃으로 장식하게 되었다. 이 날은 군대나 퇴역 군인들이 묘지까지 퍼레이드를 펼치거나 병사들이 무덤을 향해 예포를 쏘고 나팔로 진혼곡을 연주한다.

6월

• 국기의 날(Flag Day, 6월 14일)

미국에서는 축일도 아닌데 각처에서 국기를 볼 수 있다. 관공서, 호텔, 은행 등이 그 대표적인 예이다. 연방 의회가 6월 14일을 국기의 날로 정한 것은 1949년의 일이다. 이 날은 1777년 대륙회의에서 처음으로 성조기를 미국의 국기로 제정한 날이다.

• 아버지의 날(Father's Day, 6월 셋째 주 일요일)

이 날은 부친에게 감사하는 날이다. 가족이 부친에게 카드와 선물을 준다.

7월

• 독립기념일(Independence Day, 7월 4일)

1776년 7월 4일, 필라델피아에서 열린 대륙회의에서 독립선언서가
정식으로 채택된 것을 기념하는 국가의 축일이다. 실제로 채택된 날은
7월 2일이지만 4일이 공식적으로 독립기념일이 된 것은 이 날 대륙회
의의 의장 핸콕이 각 식민지의 대표자에 의해 승인된 독립선언서에 서
명을 하고 이를 공식화했다는 사실에 의거한다.

이 날은 각지에서 기념행사와 퍼레이드, 불꽃놀이를 하고 날씨가 좋으
면 점심을 싸들고 가까운 공원에 가서 피크닉을 즐기는 가정이 많다.

9월

• 노동절(Labor Day, 9월 첫째 주 월요일)

'노동 기사단(The Knights of Labor)' 이라는 노동조합이 1882년에
처음으로 뉴욕에서 퍼레이드를 펼친 것을 기념하는 날이다. 실제로 주
법에 의해 노동자의 기념일로 삼은 것은 오리건 주가 가장 빠르며, 이
는 1887년의 일이다.

연방 의회는 1894년에 9월 첫째 주 월요일을 각자의 축일로 결정했
다. 그런데 미국인은 이 날을 노동자의 제전이라기보다는 여름이 끝나
고 가을이 시작되는 환절기로 여기고 있으며, 휴일이 겹쳐 있으므로 여
행이나 피크닉을 마음껏 즐기는 날로 인식하고 있다.

• 유태인 신년(9월 중순 10월 초순)

오랜 역사(유태인은 서력에 3761년을 보탬)를 지니고 있는 유태민족은
축제일을 모두 옛부터 내려오는 태양력으로 정하고 있다. 이 역(曆)으
로 최초의 달을 티슈리라고 부르며, 이는 태양력의 9월 아니면 10월이
다. 그 달 최초의 10일 동안을 '신년의 축제(Rosh Hashana)' 라고 하

는데 바로 이 날이 유태인의 신년이다.

이 기간 동안은 하나님에 대한 신앙을 보다 두텁게 하기 위해서 옷도, 집안도 모두 흰색으로 정화한다. 신년을 '기억의 날'이라 부르며 전통적인 음식을 차린다. 특히 단 음식은 희망과 기쁨의 상징으로서 식탁을 장식한다.

9일째 되는 날은 '속죄의 날(Yom Kippur)'이라 하는데, 이 날은 유태인의 모든 죄가 용서받으며 새로운 인간관계가 회복되는 날이다. 저녁식사를 마치면 24시간의 단식에 들어가고 사원에서 예배가 있다.

이 식은 유태인의 의식 중에서 가장 아름다운 것으로 일컬어지며 선조 대대로 내려오는 시적인 기도문을 읊거나 노래를 부른다.

10월

• 콜럼버스 데이(Columbus Day, 10월 둘째 주 월요일)

크리스토퍼 콜럼버스가 1492년 미국 대륙을 발견한 것을 기념하는 날이다. 미국과 캐나다의 일부, 대부분의 라틴아메리카 등 여러 나라에서 퍼레이드를 펼치고 교회에서는 예배를 드리며 학교에서는 특별한 행사를 하며 축하한다. 정식으로 이 날이 축일이 된 것은 콜럼버스가 미국을 발견한지 300년 후인 1792년이다.

• 재향군인의 날(Veterans Day, 10월 넷째 주 월요일)

제1차와 2차 세계대전의 종전을 기념하는 날로 '휴전의 날'이라 불리다가 아이젠하워 대통령이 명칭을 바꾸었다. 세계평화를 기원하는 뜻도 포함되어 있다.

각지에서 재향군인들의 퍼레이드와 국기 게양이 있고 알링턴의 무명용사의 묘지에서 의식이 거행된다.

• 헬로윈(Halloween, 10월 31일 밤)

이 날은 어린이들이 크리스마스 못지 않게 자유로이 즐겁게 놀 수 있는 날이다. 학교에서 돌아오면 1주일 전부터 요괴의 탈과 옷으로 변장하고 해가 지는 것을 기다렸다가 "먹을 것을 주지 않으면 혼내줄 테야(Trick or Treat)."라고 말하면서 각 가정을 돌며 캔디를 얻는다.

기원은 매우 오래되었으며 아일랜드와 스코틀랜드에 살고 있던 켈트족의 만성절, 즉 신년(11월 1일)의 전야(All Hallows Eve)로 거슬러 올라간다.

헬로윈은 전년도에 죽은 사람을 공양하는 날인 동시에 요정이나 마녀가 고양이로 둔갑하여 출몰하는 날이기도 했다. 그런데 이 전통이 미국 대륙에 전해지자 악마의 얼굴이 호박으로 바뀌면서 무서운 만성절이 아이들의 즐거운 날이 된 것이다.

호박을 사람 얼굴 모양으로 파내어 등을 만드는 습관은 이렇게 이루어진 것이다. 각 가정에서는 아이들의 방문에 대비하여 캔디 봉지를 몇십 개씩 준비한다.

11월

• 투표일(Election Day, 11월 첫째 주 화요일)

선거의 투표일로 정해져 있다. 따라서 11월 8일까지는 투표일이 설정된다. 연방 의회는 짝수 해마다 모든 하원의원과 상원의원의 3분의 1을 다시 뽑는다.

대통령은 4년의 임기를 1기로 하고 2기까지 인정하고 있으므로 최장으로 8년까지는 대통령의 자리에 있을 수 있다.

홀수 해에는 큰 선거는 없고 법관의 선거 등이 있는데, 투표일은 주에 따라 휴일로 하는 곳도 있고 그렇지 않은 곳도 있다. 단, 선거권은 18세 이상의 시민에게만 있다.

• 추수 감사절(Thanksgiving Day, 11월 넷째 주 목요일)

금년도 하나님의 은혜가 있었음을 감사하는 날로, 이 축일은 종교적, 역사적인 의미를 지닌다.

1620년 신교의 자유를 찾아 영국에서 메이플라워호로 건너온 청교도들(The Pilgrim Fathers)은 거친 자연과 싸우면서 이듬해 결실의 가을을 맞이할 수 있었다. 당시 식민지 플리머스의 지사 윌리엄 브레드포드는 이 수확을 하나님께 감사하자는 성명을 발표하였고, 청교도들은 인디언까지 초대하여 야생의 칠면조와 사슴고기로 음식을 장만하고 사흘 동안 감사제를 벌였다.

1789년 워싱턴 대통령은 그 때까지 가끔 거행된 이 축제를 국민 전체가 매년 축하하도록 했고, 1863년 링컨 대통령 때 정식으로 국민의 축일로 정해졌다.

당시는 11월 마지막 주 목요일이었으나, 1939년 루스벨트 대통령 때 넷째 주 목요일로 변경되었다.

이 날은 백악관을 비롯하여 모든 국민이 칠면조와 펌프킨 파이라는 전통적인 저녁식사를 하며 하나님께 감사드린다.

12월

• 인권의 날(Human Right Day, 12월 10일)

세계의 모든 사람은 인종, 성, 언어, 종교, 노약에 의한 차별을 받지 않고 인권과 기본적인 자유가 존중되어야 한다는 세계인권선언이 1948년 12월10일 UN 총회에 의해 공포되었다. 이 선언이 채택된 날을 '인권의 날'로 정하고 매년 세계 각국에서 기념하고 있다.

미국에서도 이 날은 UN 사무총장이 전 세계에 인권옹호의 의의를 널리 호소하는 메시지를 발표한다.

20주년, 30주년이 되는 해는 참가국이 각종 행사를 베풀지만, 그 외의 해에는 특별한 행사가 없다.

- 크리스마스(Christmas, 12월 25일)

그리스도의 탄생일이다. 12월 25일은 성서에 있는 탄생의 상황과는 일치하지 않는다. 동지는 1년 절기의 새로운 생활을 준비하는 때로, 로마인이 동지에 행한 농신제가 기독교도에 계승되어 유럽의 북방에서는 이 시기에 종교적인 크리스마스를 행하게 되었고 남방에서는 축제가 열렸다고 한다.

크리스마스는 영어로 그리스도의 미사(성찬식)라는 뜻이다. 'X mas' 라고 쓸 때의 X는 그리스어의 크리스토스(Xristos)의 머리글자를 사용한 것이다.

중세 및 그 이후의 크리스마스에 관계된 행사나 전설 중에서 현대에 남아 있는 것은 크리스마스 캐럴, 크리스마스 트리, 크리스마스 요리(돼지구이, 칠면조, 민스파이(mince pie), 플럼푸딩(plum pudding)) 정도이다.

미국의 크리스마스는 카드를 주고 받으며 시작된다. 12월 1일 이후에 상대방에게 도착하도록 보내는 것이 예의이지만, 크리스마스 이후라도 12월 안에만 보내면 된다. 받은 카드는 그림이 있는 쪽을 밖으로 하여 벽에다 붙인다.

크리스마스 트리는 진짜 전나무로 장식하는데, 두 그루 정도가 적당하며 교회나 개인의 주택, 길거리에서 볼 수 있다.

이 날은 한국의 설날이나 추석과 같다. 멀리 떨어져 있던 형제나 친척이 1년에 한번 이 때를 계기로 모인다. 선물은 모두 크리스마스 트리 밑에 쌓아 둔다. 그리고 25일 아침이 오기를 기다린다. 크리스마스 이브에는 밤 예배를 드리러 가는 사람을 제외하곤 거리도 한산하지만 집 안에서는 벌겋게 타오르는 난로 곁에서 오랜만에 만난 가족들이 이야기꽃을 피운다.

다음 날인 크리스마스 아침에는 모두 트리 주위에 모여 선물 꾸러미를 풀며 "메리크리스마스"라고 인사를 나눈다. 저녁식사에는 칠면조와 펌프킨 파이가 나온다.

크리스마스 때 초대를 받았을 경우엔 반드시 선물을 지참해야 하고, 아파트의 관리인이나 도어맨, 신문배달원이나 우편집배원, 스쿨버스 운전기사 등에게는 꼭 팁을 준다.

다시 국제 행사 이야기로 돌아와 보자.

한국 학생들은 행사에 참가한 외국인들을 대하는 태도에 있어서 나라나 인종에 따라 차별이 무척 심했다. 같은 미국 참가자라 하더라도 교포보다는 미국인과 더 우호적으로 지냈고, 동남아시아에서 온 사람들보다는 유럽, 미주 지역의 참가자들과 친하기를 원했다. 게다가 친목을 다지기 위해 친구들을 사귀는 데 있어서도 흑인보다는 백인을 선호했다.

국제 행사는 개개인의 친목 장소가 아니라 한국을 소개하고 외국 친구들과의 교분을 통해 장차 미래 사회에서 다양한 국제 감각을 키우자는 취지로 열리는 것이다.

하지만 한국에서 주최하고 한국인들이 대다수 참가했던 행사에서 우리는 외국 참가자의 자격을 동등하게 인정하지 않았던 것은 아닐까?

길게는 10여 년 전의 국제 행사에서 본 한국인들의 편견 있는 행동이 최근 동남아시아 근로자들을 대상으로 한 악덕 기업주들의 횡포로 이어지는 것 같아 씁쓸하다.

주한미군, 그리고 U.S.O.

:

대학 다닐 때 다양한 국제 행사에 참가한 기억과 더불어 한 가지를 더 소개하고자 한다. 바로 서울 용산의 미8군 기지와 가깝게 위치한 U.S.O.(United States Organizations : 미 장병위문협회)에 관한 일이다.

U.S.O.에서는 매주 주한미군을 대상으로 한 한국 여행에 한국인 자원봉사자들을 선발하여 통역 가이드 역할을 담당하게 했다. 나도 U.S.O. 자원봉사 통역 가이드의 한 명으로 판문점 등으로 가이드를 하며 다녔던 적이 있었는데 그 때의 일이다.

그 일을 말하기에 앞서 한국 젊은이 '데이비드 안'에 대해 잠깐 이야기하겠다. 데이비드 안은 LA 교민회 부회장의 아들이기도 하면서 미군에 자원 입대하여 근무하는 이례적인 경우였다.

2000년 11월경 미국 해안경비대에서 근무하던 데이비드 안은 알래스카 서쪽 베링 해에 근무할 때 정지 명령을 어기고 달아나는 중국 국적의 트롤선을 추격하던 중 배가 뒤집히면서 높은 파도에 동료들이 휩쓸리자 맨몸으로 뛰어들어 미군 병사 두 명을 구조한 일이 있었다.

이에 대해 U.S.O.에서는 2002년 9월 17일 U.S.O. 연례 기념행사에서 그에게 영웅(HERO) 칭호를 부여했고, 이튿날인 9월 18일에는 백악관을 방문하여 부시 대통령에게서 축하를 받았다.

내가 U.S.O.에 대한 이야기를 하면서 미군으로 근무하는 한국인 '데이비드 안'의 예를 든 까닭은 미국과 한국, 그 어느 나라도 상호 도움 없이는 살 수 없다는 것이 세상 이치임을 말하기 위함이다.

내가 U.S.O. 자원봉사자로 따라 나선 판문점 방문 때의 일이다.

이미 나는 국제 행사의 일환으로 몇 차례 방문했던 적이 있는 판문점이긴 했지만, 가이드의 역할로 다시 판문점을 온 것은 처음인지라 다소 긴장되었다.

우리에게도 익히 알려져 있는 '판문점 도끼만행 사건'이 일어났던 미루나무를 설명하고, 판문점에서도 38선을 가로질러 남측과 북측 절반씩 위치한 판문각 안에 들어갔다. 판문각 안에는 긴 책상이 놓여 있었는데, 그 책상을 양분하는 마이크 전선이 길게 이어져 있어 마치 판문각 건물을 칼로 자른 듯한 느낌을 갖게 했다.

우리 일행을 따라온 건장하게 생긴 UN 정전위원회 소속 미군 병사가 판문각 북측 출입구를 막아서며 우리들에게 자유롭게 구경하라고 말했고, 남과 북의 국기가 각각 꽂힌 전선을 가리키며 전선을 넘은 사람들은 지금 북한에 월북한 것이라는 말을 했을 때, 몇몇 사람이 황급히 다시 남쪽으로 넘어오는 상황이 일어나 웃음이 터지기도 했다.

다시 일행이 움직인 곳은 판문점을 경비하는 캠프 사이에 놓인 휴게실이었다. 일반 관광객들을 대상으로 간단한 음료와 함께 기념품을 파는 곳이었는데, 나의 눈길을 끄는 것은 좌우로 펼쳐져 있는 방명록이었다.

관광객들이 판문점에 와서 각자의 흔적을 남기는 것으로, 문득 호기심이 생겼던 나는 방명록을 들고 거기에 적인 글을 유심히 보았다.

'아픔의 현실이 빨리 회복되기를 바랍니다.'

- David from NJ. -

'더 이상의 고통이 없기를 바랍니다.'

- With Jack & Vivian from NY. -

'한국 국민들이 통일되어 이산가족이 만나도록 하나님의 축복을 기원합니다.'

- By Richy from Camp Casey-

……

깨알 같은 글씨와 함께 커다란 사인도 첨부한 방명록의 글들을 하나씩 보며 남다른 생각에 잠기게 되었다.

세계에서 유일한 분단 국가인 대한민국에서 살아가는 우리들의 모습에 대해, 그리고 앞으로 우리 후손들에게 무엇을 물려줘야 하고, 우리가 그들의 선대로서 어떻게 행동해야 하는지 진지하게 생각하게 되었다.

영어로 쓰여진 글씨는 대부분 미군의 흔적이었고, 판문점을 방문한 한국인들의 글씨도 곳곳에 눈에 띄었다.

주한미군, 그들은 어떻게 한국에 와서 근무를 하게 되었으며, 어떤 사람들일까?

언젠가 한국 언론을 통해 미국 군인 사이에서 한국은 근무하기를 기피하는 나라 중 한 곳이라고 들은 기억이 난다. 훈련도 힘들지만 열악한 주거환경으로 인해 가족을 동반해서 근무하기가 어렵기 때문에 대부분 6개월 내지는 1년만 근무하고 다른 나라로 가거나 미국으로 돌아간다는 현실을 소개한 기사였다.

그럼에도 불구하고 미국 군인이 한국에서 근무를 하는 가장 큰 이유는 한국의 특이한 상황에 따른 혹독한 훈련을 거치므로 한국 근무를 마치게 될 경우 가산점을 받기 때문이라고 했다.

하지만 그들의 근무 여건을 고려하기 이전에 한국 국민들은 그들의 한국 정서와 다른 행동들로 인해 주한미군을 탐탁지 않게 보는 면도 있다. 최근 촛불 추모행사가 이어지는 가운데 강원도 춘천에 근무하는 미군 병사들이 시내에서 소란을 핀 기사도 흘러나오고, 예전부터 미군이 주둔해 온 송탄, 의정부 등지에서 벌어졌던 미군들의 폭행으로 피해를 입은 한국인도 생겨났다.

외국인이 다른 나라에 가면 반드시 그 나라 정서에 맞게 행동을 해야 하는 것은 당연한 일이다. 한국에 있는 모든 외국인도 그렇고, 외국에 나가는 한국인도 외국을 나가기 전 반드시 해당 국가에 대해 공부를 해야 한다. 로마에 가면 로마법을 따르듯이 말이다.

그런 의미에서 U.S.O.는 주한미군에게 한국을 소개함과 동시에 그들이 한국에 오기 전, 올바른 한국을 알려주는 역할을 담당한다.

또한 U.S.O.는 주한미군과 한국인 사이에 각국의 문화 차이로 인해 항시 충돌의 요인이 작용할 수 있는데 그것을 완화시켜 주고 그들이 한국을 알 수 있게 해 주는 유일한 곳이다.

이러한 불필요한 주한미군과 한국인의 충돌을 피하기 위해서는 한국의 젊은이들이 그들에게 제대로 된 한국의 모습을 알려주기에 최선을 다해야 한다. 물론, 미국인들도 최소한 자신이 근무할 한국에 대해 알려고 하는 노력을 게을리 하지 않는다는 전제하에서 말이다.

2003년 1월 방송에 보도된 바에 의하면, 미국 학생 교과서에는 한국에 대해 소개한 내용이 별로 없다고 했다. 심지어 할리우드 영화에 지나지 않지만 한국을 비하했다는 이유로 조기 종영된 007 영화에서도 한국은 1970년대에나 나올 법한 농사짓는 나라의 이미지만 강조되었다.

우리의 자존심만 내세울 것이 아니라 IT 강국으로 변모하는 한국의 달라진 모습을 세계에 알리려는 노력을 게을리해서는 안될 것이다.

미국 돈($),
딸라(Dollar)! 달러(Dollar)!

:

대 기업 의류회사 출신인 나는 동대문시장의 봉제 공장에서 기술
을 배운 뒤 다시 의류업체 해외영업 부서장을 거쳐서 의류업계
에 몸담은 지 7년만에 내 사업체를 꾸리는 경영자가 되었다.

하지만 사업이라는 것이 어쩌면 그렇게 마음먹은 대로 안 되는지, 이
세상 성공하는 사업가들은 모두 존경받을 만하다는 생각을 하게 되었다.

주로 일본을 비롯하여 홍콩 · 대만 · 중국 등지로만 의류 수출을 하던
내게 미국 거래처가 새로 생긴 적이 있었다. 세계 최대의 소비 시장 미
국은 아시아에서 공급되는 저렴한 각종 물건도 있고, 이태리 · 프랑스
등지의 특정 국가에서 유명한 세계적 명품들이 서로 치열한 경쟁을 하
는, 글자 그대로 적자생존의 정글(jungle) 논리가 적용되는 삶의 전쟁
터이다.

막상 어렵게 시장 개척을 한다고 해도 경쟁에서 제대로 살아남지 못
한다면 빈손으로 나와야 하는 곳이 바로 미국이다.

그런 미국 시장에 거래처가 생겼다는 것은 어떻게 보면 즐거운 일인 동시에 치열한 전쟁터에서 살아남아야 한다는 생존의 문제가 걸린 일이기도 했다.

일단 첫 거래는 성공적이었다.

거래 금액이 그리 크지 않은 5,000만 원 정도의 의류 첫 주문 물량이 무사히 미국에 들어갔다. 그렇게 차츰 주문 물량이 늘어난 뒤 미국과의 거래 규모는 매월 3억 원 정도까지 성장했다. 매월 3억이면 연간 36억 원대로 일반 소규모 의류수출업체로서는 생존이 달려 있을 수도 있는 중요한 바이어로 성장했다는 뜻이다.

그러던 중, 드디어 나의 사업가적 능력이 시험대에 올라선 날이 왔다.

미국 무역센터 건물이 테러집단의 공격을 받아 모두 무너져 버린 것이다. 늦게까지 사무실에서 잔업을 처리하고 귀가한 나는 무심코 TV를 켜다가 깜짝 놀랄 광경을 보았다. 주말도 아닌데 영화를 해 주는가 싶어 TV 앞에 앉는 순간 상상도 못했던 광경을 현실에서 본 것이다. 비행기 두 대가 연거푸 미국의 무역센터 건물과 충돌했고, 조금 뒤 절대 무너지지 않을 듯 높게 솟아 있던 건물이 허무하게 무너져 버렸다.

이 글을 읽는 사람들 중에는 무역센터가 무너진 것과 의류 수출이 무슨 관계가 있는지 되물을 사람이 있을 것이다.

미국이 테러공격을 받아 무역센터 건물이 무너져 버린 사건과 나의 의류사업과의 연관성을 이야기하기 전에 쿼터(QUOTA)에 관해 잠깐 알아보자.

미국과 의류 거래를 한 번이라도 해 본 사람이라면 미국으로 수출할 때는 대부분 쿼터에 따라 제한된 물량만 수출할 수 있다는 것을 알 것이다. 쿼터란 한국이라는 나라에 대해 미국 정부가 부여한 수입 가능한 물량을 미리 정해 주는 것이다.

이는 미국이 자국(自國) 기업들을 보호하기 위해 다른 국가에서 생산, 수입되는 제품들에 대하여 최소한의 무역장벽을 세운다는 의미이다. 만약, 아시아 등지에서 저가의 싼 의류가 대량으로 제한 없이 미국으로 들어간다면 미국에서 판매되는 물량 대부분은 특정업체가 독점할 수도 있다는 결론이 나오기 때문이다.

따라서 미국으로 자기 제품을 수출하고자 하는 의류업체라면 쿼터 업무에 신경을 쓸 수 밖에 없으며, 쿼터는 때에 따라서 그 자체가 상품이 되기도 한다. 만약 미국으로 면바지 1,000장만 수출할 수 있는 쿼터를 갖고 있는 기업이 미국 거래처로부터 추가 주문을 받았다고 하자. 하지만 쿼터가 없다면 이 기업은 수출을 할 수 없다. 그래서 쿼터를 갖고 있는 기업으로부터 빌려서 자사 제품을 수출할 수 있는 것이다. 물론, 빌리는데 돈을 지급하는 것은 당연하다.

다시 무역센터 이야기로 돌아가 보자.

그 날 아침 우리 물건을 실은 배가 미국으로 출발했는데, 그 날 저녁 무역센터 건물이 테러 공격으로 붕괴된 것이다. 미국은 비상체제로 들어갔고, 미국으로 들어오고 나가는 모든 물건과 사람에 대해서 철저한 검문 검색이 이루어졌다.

미국이 테러 공격에 따른 후속 조치로 사람과 물건에 대해 철저한 검문검색을 시행함에 따라 전 세계에서 들어가던 상품들이 일제히 미국 항만에 묶여 버린 것이다. 그렇다고 다시 배를 돌려 되돌아오게 할 수 있는 것도 아니었다. 되돌아 가는 것조차 미국 당국에 의해 허용되지 않았기 때문이다. 오히려 다시 돌아가겠다고 시도할 경우 불필요한 의심을 받을 수 있다는 우려도 있었다.

평소와 같았으면 배로 운반해서 보낸 상품은 15일 정도 걸려서 미국에 도착하고, 항만에서 간단한 서류 검토 절차를 통과한다면 늦어도 20일 이내에 미국 거래처에서 물건을 받아 판매가 가능하다.

그러나 이번 사건으로 우리 물건은 풀어 보지도 못한 채 계속 항만에 묶여 있을 수 밖에 없었다.

그렇게 무작정 약 한 달이 지났다. 이미 상품을 팔 수 있는 시즌은 끝나 버린 뒤였고, 만약 미국 거래처가 물건을 받지 않겠다고 한다면 어머어마한 손해를 볼 처지였다.

하늘이 도왔을까?

다행히 미국 거래처의 협조로 우리 물건은 납품기한보다도 약 2달 정도 늦은 뒤에 판매처로 이동될 수 있었고, 약간의 손해를 보고 처분하는 선에서 일을 마무리 할 수 있었다.

이 일을 겪고 난 뒤 미국에 거래처 외엔 마땅한 연락처가 없어서 고생하던 경험을 바탕으로 미국에 지사를 세워 서로 업무에 관한 연락을 하면 어떨까 하는 생각을 했다. 의사소통이 자유롭고 업무 협조가 제때에 이루어지기 위해서는 미국에 우리측 아군(我軍)이 있어야겠다는 필요성을 절감하는 순간이었다.

이 책의 독자 중 혹시 미국에서 비즈니스를 하겠다는 예비 사업가가 계실지 몰라 여기 사업 정보를 소개하기로 한다.

미국에서 회사 만들기

개인기업(Single Proprietorships)

소규모의 사업이나 사업상 큰 위험이 없는 사업에 많이 활용할 수 있는 사업 형태이다.

가장 간단한 사업 형태로 사업장이 위치하고 있는 주 사무소(county office)에 일단 등록함으로써 사업을 시작할 수 있다.

사업을 등록하여 사업자등록증(Business Certificate)을 받음과 동시에, 그 사업에 해당하는 각종 세금(Payroll Tax, Sales Tax, Rent Tax)번호를 따로 신청해야 한다. 이 사업 형태는 일단 법인세 등 법인으로 납부하여야 할 세금은 낼 필요가 없다는 장점이 있으나, 법적으로 사업장에서 생긴 문제에 대하여 개인 소유의 집이나 기타 다른 자산에까지도 그 책임이 전가될 수 있다는 단점이 있다.

농림수산업, 도매, 소매업, 서비스업 등은 개인에 의한 경영이며 법인격은 없다. 기업 전체의 74%를 차지하며, 매상 비율은 7%이다.

공동경영(Partnerships)

두 명 이상의 개인이나 법인 혹은 다른 파트너십이 합동으로 사업체를 설립하여 운영하는 사업형태를 말한다. 간단히 자영사업체와 같다고 할 수 있는데, 즉 2명 이상의 파트너가 사업을 운영할 경우 각기 다른 자영사업자가 세금보고를 한다고 볼 수 있다.

법적 책임이나 모든 세금 종류, 그 액수도 자영사업자와 같다고 할 수 있으나 사업체의 세무보고는 자영사업자와 다른 파트너십 형태의 세금보고를 별도로 해야 한다.

법률, 회계, 병원, 치료소, 소매업, 서비스업, 부동산업 등이 여기에 속하며, 두 사람 또는 그 이상의 공동경영자에 의한 경영, 법인격을 갖는다. 파트너는 공동경영에 의한 이익을 분배한다.

기업 전체의 9%를 차지하며, 매상 비율은 3%이다.

법인(Corporation)

주식회사 형태의 사업체 형식을 말한다. 투자하는 자본으로 주식회사를 설립하고, 그 주식회사에 대한 자본 투자로 비즈니스를 운영해 나가는 형태를 말한다. 뉴욕이나 뉴저지 등 거의 모든 주에서 한국과 달리(한국에서는 통상 7인 이상의 주주를 필요로 함), 한 명만이라도 주주가 되어 주식회사를 설립할 수 있고, 그 주식회사의 운영지침 등을 특별히 표기하지 않아도 되는 소위 다목적 주식회사(Multi purpose Corporation)를 통상적으로 인정하고 있다.

설립 절차 또한 간편하여 보통 일주일 내에 주에 등록할 수 있다. 이 법인체 형태의 가장 큰 장점은 그 사업체에서 발생하는 모든 문제에 대하여 법적 책임의 한계가 있다는 것이다. 즉, 개인적으로 과실이 있다거나 보증을 서 주었을 경우에는 예외가 되겠으나, 사업상 어떤 문제가 발생했을 시 그 주주의 책임이 그 사업체에 투자한 자본에 국한된다는 것이다.

공식적인 통계라고는 할 수 없으나 법인으로 사업을 하는 경우가 자영사업자보다 세무감사의 확률이 다소 적다고도 볼 수 있다.

단점으로는 자영사업체보다 법인세 등 기타 경비가 다소 더 들어간다는 점, 또한 사업체에서 이익이 남을 경우 일단 법인세를 내고 나머지를 개인의 이익배당금으로 가져가게 되어, 다시 개인 소득세를 내야 하는 점이 있으나 이에 대한 대처는 어느 정도까지 개인이 월급으로 사업체의 이익을 가져갈 수 있고, 또 S-법인체라는 사업 형태도 있으니 각 사업체의 성격에 맞추어 대비할 수 있을 것이다.

주식회사 등의 영리법인을 비롯하여 비영리법인, 시, 타운, 빌리지 등의 행정구조도 법인에 포함된다.

기업 전체의 17%를 차지하며, 매상 비율은 90%이다.

S-법인체(S-Corporation)

S-법인체는 Subchapter S Corporation이라고 불리어지는데 이는 미연방 소득세법의 Subchapter S에 이 조항이 들어 있으므로 유래된 이름이다.

사업형태는 모든 법적 형태와 책임 관계 등은 일반 법인체와 유사하나 주주의 수(35명 이내)와 자본금에 그 제한이 있고, 수입의 종류에도 영향을 받는다. 일반적으로 소규모 사업체에 법인으로서의 혜택을 부여한 형태라고 할 수 있다.

세제상의 가장 큰 혜택으로는 법인체로서 있을 수 있는 이중과세를 방지할 수 있다는 점이다. 즉, 사업에서 발생하는 이익에 대하여 법인세를 물지 않고 개인이 직접 자신의 수입으로 간주하여 개인소득세만을 내고 그 이익금을 사용할 수 있다.

이를 남용하는 사례도 있는데. 즉 그 사업장에서 일을 하고 있는 주주가 적정선의 월급을 보고하지 않고, 모든 이익을 S-법인체의 사업이익으로 보고하여 개인의 소득으로 돌림으로써 사회보장세를 회피하는 경우가 있으므로(왜냐하면 월급을 사업체로부터 수령할 때는 사회보장세를 내야 함), 주로 세무감사의 대상이 되고 있다.

기 타

근래에 뉴욕 주 등에서 파트너십의 형태에 법인체의 성격을 가미한 Limited Liability Partnership(투자분에 대해서만 책임을 짐)이나 Limited Liability Company(투자에 대해서만 책임을 지는 회사) 등을 인정하고 있으므로 각 사업체의 성격 등을 감안하여 회계사와 상의하여 사업체의 형태를 결정하는 것이 바람직하다.

회사의 설립

영리법인의 설립인가는 각 주의 회사법에 따른다. 다시 말해서 인가는 주 정부의 권한으로 되어 있다. 단, 은행, 저축대부조합(Savings and Loan Associates) 등은 연방법에 따른다.

주에 따라 회사법이 다르므로 일률적이지는 않지만 대개 다음의 조건으로 설립된다. 발기인은 3명 이상인 곳이 많다. 델라웨어, 캘리포니아, 뉴욕의 각 주에서는 발기인은 18세 이상, 자연인은 1명 이상이며 미국시민이 아니더라도 주의 주민이면 된다.

회사설립정관(Articles of Incorporation)을 작성, 최초의 주주총회(Stockholders Meeting)에서 이사들을 선출하고 세칙(By-laws)을 승인한다.

주 사무소에 설립 신청을 하고 인증정관(Charter)을 주 정부 당국으로부터 얻으면 설립이 완료된다. 동일 주 내에서 같은 또는 유사한 회사명은 사용할 수 없으므로 신청한 회사명을 3개월 정도 보류하여 인가하는 주도 많다.

고용에 관련된 법률

• 고용기회균등법(Equal Employment Opportunity Act)

사원을 채용할 때 연령, 성별, 인종, 피부색, 종교, 출신지, 심신장애 등의 이유로 차별할 수 없다. 취직신청서에서 아래 사항을 질문하는 것은 서류상의 차별로 간주될 때가 있으므로 주의해야 한다.

〈연령, 생년월일, 성별, 혼인관계, 부양가족 수, 양친의 성명, 신장, 체중, 출신지, 심신장애의 유무, 학력, 신체의 특징, 소속클럽, 조직 등〉

회사의 신청서에는 다음의 사항 정도만 기입하도록 하고, 나머지는 면접으로 판정하도록 하고 있다.

〈성명, 주소, 연락처, 사회보장번호, 일에 관련된 학력, 일의 내용에 관련된 경력, 전직에서의 임금, 고용기간, 퇴직한 이유, 과거에 관심을 가진 일, 앞으로 하고 싶은 일 등〉

• 균등임금법(The Equal Pay Act of 1963)

동일 또는 유사한 직장에서 같은 능력을 요구했을 경우는 남녀에 따라 임금을 차별해서는 안된다. 단, 연공성적(Seniority Merit System)이나 생산량 또는 질에 따라 임금을 정할 경우는 제외된다.

• 연령에의한고용차별제한법(Age Discrimination in Employment Act)

연령에의한고용차별제한법은 1967년에 성립했다. 이에 따라 45세에서 65세(1979년부터는 70세까지)까지의 사람을 일방적으로 고용차별할 수 없게 되었으며, 연령에 따라 급여, 조건, 특전 등을 차별할 수 없다.

취직, 면접, 채용과 고용 계약

채용 방식은 다음과 같다.

한국과 같은 신입사원 정기채용의 관행은 없다. 인재모집은 대개 다음과 같은 4가지 방식으로 한다.

〈신문광고, 아는 사람으로부터의 소개, 직업 알선기관에의 의뢰, 헤드헌터 등 직업 컨설턴트에의 의뢰〉

차별문제 등의 미묘한 문제를 수반하기 때문에 대기업은 자사전용의 취직신청서를 사용하는 경우가 많지만, 중소기업에서는 일반 시판물을 쓰는 회사가 늘고 있다. 직업 알선기관을 이용할 경우는 기본적인 것은 알선기관에 대행시키든가 아니면 전문 조사기관을 이용하여 사전면접 내지 사전조사를 할 때도 있다.

면접에서의 질문은 앞으로 하고 싶은 일 등이 중심을 이룬다. 일에 관련된 학력, 이제까지의 경력, 전직을 퇴직한 이유 등은 물어도 좋지만 연령, 생년월일, 성별, 가족사항, 신체의 특징에 관한 질문은 삼가하도록 되어 있다.

직속 상사가 부하의 직접 인사권을 갖고 있으므로 면접 때 인사담당 이외에 직속 상사가 배석하는 것이 보통이다. 기업측이 면접에서 꺼내지 않았던 이야기나 고용측이 명확히 대답하지 못했다는 이유로 면접에서의 응모자를 채용하지 않았을 경우에, 기업측은 제소당하면 우선 패소할 확률이 높다. 이 사례는 특히 소수민족, 여성 등의 경우가 많다.

경영간부, 상급관리직의 경우에는 매우 자세한 고용계약서가 작성된다. 직무 내용, 급여, 이익 분배, 연금, 휴가, 사용차의 이용, 복지 후생, 도중 해고의 급여 등이 아주 자세히 계약된다.

일반 종업원의 경우는 직무 내용에 대한 계약서와 같은 것은 없고 구두에 의한 확인 쪽이 많다. 임금에 대해서는 분명히 정해지지만 그 밖의 것은 노동협약, 회사의 집무 규율, 일반 법령에 따르는 것이 일반적이다.

사용 기간(Trial Period : Probationary Period)은 통상 3개월 정도이다.

한국의 취업 규칙처럼 출근, 퇴근, 휴식시간, 휴가, 임금의 결정, 계산과 지불 방법, 승급, 퇴직 수당, 상여 등을 자세히 규정한 것은 없다. 집무 규율(직장 규율)을 규정한 일반 사칙(general rules)이 한국의 취업 규칙에 해당한다.

정부관계의 일을 하고 있는 회사에서는 '반국가적 행위'(국가의 기밀 누설 등)를 규정하고 있는 곳도 있다. 노동협약이 있는 회사에서는 '노동협약을 무시한 피켓(picket), 스트라이크(strike) 등'을 포함하고 있는 경우도 있다.

일반 사무원, 제도공, 비서, 공장노동자 등은 시간급, 대학에서 전공한 과목에 합격한 부문에 취직한 자는 전문직이라 불리며, 거의 연봉으로 급여계약이 이루어진다. 관리직(매니저) 부문도 거의 연봉계약을 하며 그 12등분을 매월 월급의 형태로 받고 있다.

대학을 나와도 그 전공을 살리지 못하고 현장의 공장 노동자로 일하고 있을 경우 시간급 급여는 원칙적으로 기본급뿐이며 부양가족 수당, 통근교통비 등의 수당은 없다.

기본급에서 공제되는 것은 연방세, 주세, 사회보장세 등이며, 임의의 공제에는 생명보험과 건강보험이, 조합이 있으면 조합비 등이 있다.

급여의 지불은 페이롤 첵이라는 수표를 많이 쓴다. 이 때문에 급료일에는 수표를 현금화하는 고객으로 은행 창구가 붐빈다. 한 회사 안에서도 급여는 한국에서처럼 전원이 같은 날이 아니며 주급, 격주급, 월급 등 다양하다.

조합에 가입하고 있는 자는 조합의 대표가 임금이나 노동 조건을 교섭하여 연간 계약을 체결해 준다. 공장관계는 조합원 이외에는 고용할 수 없는 크로즈드숍 제도를 취하고 있는 곳이 많으므로 대부분 이 형식을 취하고 있다. 조합에 가입하지 않는 전문직, 비서, 일반 사무의 시간급자는 최저 연 1회, 개개인이 승급에 대해서 상사와 이야기를 나눈다.

대기업에서는 사원의 근무평정이 한 해에 한두 번 있다. 이 때에 상사의 평정에 동의하든가 아니면 상사와 사원이 이야기를 나눌 기회가 있는데 이것이 승급 교섭의 장이 될 경우가 많다. 일반적으로는 승급에 대해서 침묵을 지키고 있으면 현재의 것으로 만족하고 있는 것으로 받아들여지기 때문에 승급을 희망할 때는 당당히 찾아가 자기 주장을 펴야 한다.

레이오프(Lay-off)는 한국어로는 일시 해고, 일시 귀휴 등으로 번역된다. 회사의 실적이 회복되었을 때 다시 채용하는(Recall) 시스템으로 되어 있지만 종업원 쪽에서 보면 현실적으로 해고와 다름없다.

통상은 2주일 전에 예고를 받고 통고를 받은 자는 만일 배치전환처라도 나오지 않는 한 그 날로 일터가 없어지므로 당연히 새 일자리를 찾지 않으면 생활이 어려워진다.

반대로 회사쪽에서 보면 회사는 제일 먼저 주주로부터 경영책임을 위임받고 있으므로 주주의 이익을 지키는 것이 무엇보다도 우선한다. 따라서 불필요한 사원을 거느리고 불필요한 경비를 지불하는 등의 신경을 쓸 필요 없이 인원을 레이오프하는 것은 경영자로서는 당연한 직무로 되어 있다.

일반 사회의 노동조합도 정당한 이유가 없으면 레이오프는 상식이다. 물론 조합이 있는 곳에서는 노동협약에 이 레이오프와 리콜의 조항이 대개는 있다. Seniority system에 따라 근속 기간이 짧은 사람부터 레이오프를 받고, 리콜의 경우도 마찬가지로 선임권이 있는 자가 먼저 복귀하도록 되어 있다.

일반적으로 Seniority System에 의거하여 레이오프, 리콜이 이루어지고 있는 것은 단순작업의 노동자에게 많다.

미국 기업의 법적인 정년은 70세(1979년 1월부터)이지만 연간 2만 7,000달러 이상의 연금수급자격자는 제외된다.

의료 건강보험은 보통 회사가 보험회사와 단체 보험계약을 체결하여 희망자에게 편의를 도모하고 있다. 따라서 개개의 회사에 따라 보험 내용이 다르다.

병원에 갔을 때는 월말에 청구서가 본인에게 보내져 오는데, 그 청구서의 내용을 확인하고 의료기관에 제출한다.

의료기관은 영수증과 의료 내용 명세서를 보내옴으로 그것들을 회사의 보험계에 제출하거나 스스로 보험회사에 직접 보내어 지불을 청구한다.

병원이나 의원은 영리사업이므로 초진 때 비용의 지불 방식에 관해서 묻는다. 만일 지불 능력이 없다고 판정되면 아주 급한 환자가 아닌 한 치료를 거부할 경우가 있다. 의약 분업 형식이므로 의사는 처방전만 줄 뿐이며 약은 약국에서 환자가 산다. 일반적으로 예약제이며, 비용은 월말에 일괄 지불한다.

경영자 그리고 직원

경영자, 예를 들어 최고경영집행자(CEO)를 비롯한 임원은 사외에서 초빙하는 경우가 많다. 인재 스카우트 회사를 통해서 구하는 경우도 흔하며, 또 라이벌 회사의 사장이 어느날 갑자기 전임해 오는 믿기 어려운 인사도 태연히 이루어질 수 있다.

반대로 성적을 올리지 못한 회장이나 사장은 교체·경질·해고될 수도 있다. 이른바 업적(결과) 제일주의가 기본이다. 회사의 경영진은 어디까지나 주주를 대표하여 회사 경영의 책임을 지며, 경영 목표의 첫째는 주주의 이익을 지키는 일이다.

따라서 미국의 회사에서는 노사의 운명공동체나 사원의 복지기관이라는 의식은 희박하다. 이익을 낳는 기관이라는 생각이 일반적이다. 이 때문에 한국의 기업과 비교할 때 단기지향형의 기업경영을 노리지 않을 수 없다는 것이 일반적인 견해이다.

일반적으로 중역에서 계장까지가 경영관리자, 그 이외가 일반 종업원이다. 회사의 지위, 연령, 기업에 대한 생각, 본인의 가치관 등에 따라 다르지만 기업이란 노동력을 생활비와 교환하는 곳으로, 이른바 금

전적 관계로만 보는 의식이 강하다.

따라서 경영진에서 일반 종업원까지 각자의 능력을 회사가 어떻게 높이 평가해 주는지, 다시 말해서 얼마나 많은 보수를 지불해 주는지가 기업에 대한 평가로 되어 있고, 조금이라도 보수가 많은 곳으로 전직해 가는 경향이 있다.

종업원의 직무 범위는 엄격하다. 특히 직능조합이기 때문에 조합이 조직되어 있는 직장에서는 일반 종업원(공원 등)의 작업범위는 엄격히 정해져 있다. 범위 이외의 일은 절대로 하지 않으며, 또 남이 대신하는 것을 인정치 않으므로 분업이 철저히 지켜지고 있다.

한편 미국 기업의 조직은 종적인 피라미드형이며 어디까지나 상의하달의 지휘명령이 주류를 이루고 있다.

매니저 클래스에 있어서는 사무실의 크기, 장소 등이 신분의 상징처럼 되어 있다.

주식회사는 주주들을 기업주로 한 법인이기 때문에 주주총회(Stockholders Meeting)가 조직의 맨 위에 있다. 경영의 최고 기관은 이사회(Board of Director)이며, 이사회는 경영의 기본방침을 결정하고 임원을 선임하여 지휘, 감독하며 주주의 이익을 보호한다.

비즈니스의 접대 문화

미국에서는 법인 접대를 가족, 특히 부부 중심으로 하는 경우가 많다. 따라서 평소부터 가족끼리의 사귐을 통해서 대외적인 접대가 가능하도록 체제를 갖추어 놓는 일이 무엇보다도 중요하다.

접대 방법으로는 부부가 상대방 부부를 레스토랑에 초대하여 식사와 대화를 즐기는 것이 가장 일반적이다. 좌석에서는 비즈니스나 딱딱한 이야기는 피하고 서로 터놓고 대화를 나누는 것이 예의로 되어 있다.

더 친밀해지면 집으로 상대방 부부를 초청하는 경우도 있는데, 이럴 때는 초대하는 쪽도 동료 사원의 부부에게 도움을 청하게 된다. 따라서 매니저 클래스의 간부는 서브 매니저의 부부에게 언제라도 도움을 요청할 수 있도록 평소에 친분이 있어야 출세에 도움이 된다.

또 미혼의 경우는 남성은 여성의, 여성은 남성의 파트너와 함께 초대하는 것이 규칙으로 되어 있다.

근무시간 내의 접대로는 비즈니스 런치(lunch)와 런천(luncheon)이 주류이다. 이것은 남녀를 불구하고 당사자만 해당하며 배우자나 파트너는 참석하지 않는다. 비즈니스 런치보다도 런천 쪽이 식사 내용이 좋고 시간도 좀 길며 칵테일이 나오는 경우도 있다.

한국에 비하면 접대비의 회사 부담은 적다. 개인의 확정신고(개인 세금보고)에서도 무조건은 아니지만 가정이나 레스토랑 등에서의 부부가 낸 접대비 등은 공제 대상이 되어 있다.

자료협조(www.madeinkorea.com)

코쟁이 이모부, 그리고 Grand-America

⋮

이전 소련과 미국의 양 강대국 구도로 세계 질서가 유지되는 시기에 소련의 대통령과 미국의 대통령이 정상회담을 한 적이 있다. 한참 이야기를 하던 중에 대화가 원활하게 진행되지 않자 미국 대통령은 소련 대통령을 웃으며 쳐다보았다.

그리고 다음과 같이 말했다.

"우리는 소련 군대를 초토화시킬 수 있는 람보가 많이 있소."

한낱 우스개 소리겠지만, 1980년대 미국 영화를 즐겨본 사람이라면 당시 '람보'에 대한 추억을 잊기 어려울 것이다.

실버스타 스탤론이 주연한 '람보(Rambo)'는 한국에서도 고정 팬이 생겨날 만큼 대단한 인기를 얻었고, 시리즈로 제작되어 3편까지 나온 것으로 기억된다. 그와 비슷한 아류작들도 간간이 선보였으나, 실버스

타 스탤론의 람보만한 인기를 얻지 못했다.

지난 영화 이야기를 꺼내면서 문득 내가 어렸을 때 보아오던 이모부에 대한 기억이 떠오른다. 주한 미8군 부대에 근무하면서 제복을 입은 모습도 멋있었고, 이따금 친지들 모임에 오셔서 영어 몇 마디로 말씀을 나누던 기억도 새롭다.

하지만 세월 앞에 장사가 없다고 했던가?

할아버지가 된 람보 이모부.

우락부락한 얼굴에 성난 황소라도 맨손으로 때려잡았을 것 같았던 천하장사 람보는 어디론가 사라지고 이젠 어른이 되어버린 예전 동양아이의 곁에는 머리가 희끗희끗해진 기운 없는 보통 할아버지만 남아 있다.

예전에 세계를 지배하던 스페인, 노르웨이의 해적들도 역사속으로 사라진지 오래고, 중국을 지배한 진시황제, 그리고 유럽을 평정하려던 나폴레옹 또한 이미 역사 속의 인물이 되어 버렸다.

그뿐인가? 독일에서 세계 지배를 꿈꾸며 제1차 세계대전을 일으켰던 히틀러조차 다른 인물과 크게 다르지 않았다.

이라크를 공격하려는 부시 대통령, 그리고 팔레스타인과 이스라엘의 상대방을 향한 끊임없는 공격들, 그들은 역사 속에 자신들의 이름이 어떻게 거론되기를 바라는 것일까?

2003년 초, 핵 개발을 하겠다며 미국과 신경전을 벌이고 있는 북한의 경우, 강압적인 저항의 자세가 아니라 북한 주민들을 살리기 위한 대화와 협력의 자세로 나와야 하지 않을까? 굶주림에 지친 북한 주민들이 중국으로, 제3국으로 계속 목숨을 건 탈출을 시도하고 있는 시점에 무리한 핵 개발의 주장으로 과연 무엇을 얻을 수 있단 말인가?

심미선, 신효순 여중생의 안타까운 죽음을 애도하며 같이 모였던 촛불 추모 행사조차 그 성격이 다르다며 양분되어 따로 행사가 벌어지는 상황이다.

어떻게 같은 뜻으로 모인 사람들인데 서로 화합하지 못하고 갈라설 수 있을까를 생각하기 이전에 각자의 주관대로 냉철하게 판단하여 책임있게 행동해야 한다.

다만, 한 가지 명심할 것은 처음의 순수한 의도대로, 안타깝게 숨진 여중생들의 혼을 위로하고 추후에 이런 일이 절대로 재발되지 않도록 한국과 미국이 서로 노력해야 할 것이다.

어린 여학생이 장갑차에 의해 죽음을 맞았다는 사실에 애도의 의미로 촛불 추모 행사에 참여하는 것도 중요하지만, 그 동안 잘 모르고 있던 한미주둔군지위협정(S.O.F.A.)에 대해 알아보고, 한국과 미국의 관계를 새롭게 정립해 볼 수 있는 자기 판단이 필요하다.

한미주둔군지위협정
S.O.F.A.

한미주둔군지위협정(S.O.F.A.)이란?

⋮

(S.O.F.A)

20 02년 한 해를 마무리하면서 전 국민의 가슴을 가장 많이 울렸던 단어 하나를 꼽으라면 '월드컵' 다음으로 'S.O.F.A.' 일 것이 분명하다. 심미선, 신효순 두 어린 한국 여중생들이 미군 장갑차에 의해 운명을 달리하게 된 이후 많은 한국의 젊은이들이 광화문으로 쏟아져 나왔다.

지난 월드컵 기간 내내 열광적인 환호성과 들끓는 조국애로 전 국민의 가슴을 붉게 물들였던 광화문 거리는 두 여중생의 안타까운 사건을 추모하는 촛불 시위로 이어졌다.

월드컵이라는 세계적 축제의 한마당에서 뛰던 젊은이들이 불과 한 해를 넘기기도 전에 같은 장소에 다시 모이리라고는 전혀 생각지도 못했던 일이었다. 그것도 정반대의 비통에 젖은 슬픔을 가슴에 안고 말이다.

여중생 사망 사건에 이어 다시 화제가 된 단어 하나가 바로 S.O.F.A.(한미주둔군지위협정)였다. 도대체 그 협정이 뭐길래 그토록 많은 한국 사람들이 한 목소리로 개정을 요구했던 것일까?

촛불 추모 행사에 참가한 사람들뿐만 아니라 한국과 미국 사이에 맺은 협정 중에 상호 양국간 불평등한 내용이 있었다는 사실에 개정을 요구하는 사람들 모두가 말이다.

한미주둔군지위협정, 다시 말해서 S.O.F.A.에 대해 알아보자.

S.O.F.A.의 정식 의미는 '대한민국과 아메리카합중국 간의 상호방위조약 제4조에 의한 시설과 구역 및 대한민국에서의 합중국 군대의 지위에 관한 협정(Agreement under Article 4 of the Mutual Defence Treaty between the Republic of Korea and the United States of America, Regarding Facilities and Areas and the States of United Armed Forces in the Republic of Korea)'으로 약칭 S.O.F.A.(Status of Forces Agreement)협정이라고 한다.

다시 말해서, 한미행정협정은 주한미군의 한국 내에서의 법적 지위를 규정하기 위한 한국과 미국의 협정이다. 일반적으로 국제법상 외국 군대는 주둔하는 나라의 법률에 따라야만 하지만 경우에 따라서는 부여받은 특수한 임무의 완수를 위해 해당 당사국 법률의 범위 내에서 일정한 편의를 제공받기도 하는데, 이것이 바로 해당 국가와 미국의 협정(S.O.F.A.)을 바탕으로 보장된다.

이와 같은 이유로 한국과 미국 사이에 맺어진 '주한 미군의 지위에 관한 협정'이 바로 한미행정협정이다. 하지만 한미행정협정은 다른 나라 협정에 비하여 불평등한 조항을 많이 포함했다는 점이 문제가 된다.

한미행정협정은 본문과 별첨 문서인 합의의사록, 양해사항 등의 문서를 포함하여 3개이며, 3개 문서는 31개조와 각 조에 해당하는 수십 개의 조항들로 구성되어 있다.

보통 '국가 조약'은, '정식 조약'과 '약식 조약'으로 나누어진다. '정식 조약'이란 각국의 정부와 행정부 사이의 서명 외에 해당 국가 국회의 비준이 있어야만 효력을 발생하는 것이 원칙인데 반해 '약식 조약'은 국회의 비준 없이 행정부의 서명만으로 발효되는 간단한 형식이기도 하며, 미국이 주로 각국에 미군을 주둔시킬 때 자주 사용하는 방법이다.

따라서, '한미행정협정'은 미국에서 보면 적절한 표현이지만, 한국의 입장에서는 국회의 비준절차를 거친 정식조약으로서 '한미행정협정'이 아니라 '한미주둔군지위협정'이 되는 것이다.

S.O.F.A.보다 훨씬 그 이전의 6·25 전쟁 종료 직후 체결된 '한미상호방위조약'은 주한 미군의 존재 이유에 대한 법적 근거가 된다. '한미행정협정'은 '한미상호방위조약'을 통해 주둔하는 미군의 '법적 지위'를 규정하기 위한 것일 따름이다.

그렇다면, S.O.F.A.의 모태가 되는 '한미상호방위조약'을 알아보자.

[다 음]

본 조약의 당사국은,

모든 국민과 모든 정부가 평화적으로 생활하고자 하는 희망을 재확인하며 또한 태평양 지역에 있어서의 평화기구를 공고히 할 것을 희망하고, 당사국 중 어느 1국이 태평양 지역에 있어서 고립하여 있다는 환각을 어떠한 잠재적 침략자도 가지지 않도록 외부로부터의 무력공격에 대하여 자신을 방위하고자 하는 공통의 결의를 공공연히 또한 정식으로 선언할 것을 희망하고 또한 태평양 지역에 있어서 더욱 포괄적이고 효과적인 지역적 안전보장조직이 발달될 때까지 평화와 안전을 유지하고자 집단적 방위를 위한 노력을 공고히 할 것을 희망하여 다음과 같이 동의한다.

【제1조】 당사국은 관련될지도 모르는 어떠한 국제적 분쟁이라도 국제적 평화와 안전과 정의를 위태롭게 하지 않는 방법으로 평화적 수단에 의하여 해결하고 또한 국제관계에 있어서 국제연합의 목적이나 당사국이 국제연합에 대하여 부담한 의무에 배치되는 방법으로 무력으로 위협하거나 무력을 행사함을 삼가할 것을 약속한다.

【제2조】 당사국 중 어느 1국의 정치적 독립 또는 안전이 외부로부터의 무력공격에 의하여 위협을 받고 있다고 어느 당사국이든지 인정할 때에는 언제든지 당사국은 서로 협의한다. 당사국은 단독적으로나 공동으로나 자조와 상호원조에 의하여 무력공격을 저지하기 위한 적절한 수단을 지속하며 강화시킬 것이며 본 조약을 이행하고 그 목적을 추진할 적절한 조치를 협의와 합의하에 취할 것이다.

【제3조】 각 당사국은 타 당사국의 행정지배하에 있는 영토와 각 당사국이 타 당사국의 행정지배하에 합법적으로 들어갔다고 인정하는 금후의 영토에 있어서 타 당사국에 대한 태평양 지역에 있어서의 무력공격을 자국의 평화와 안전을 위태롭게 하는 것이라고 인정하고 공통한 위험에 대처하기 위하여 각자의 헌법상의 수속에 따라 행동할 것을 선언한다.

【제4조】 상호적 합의에 의하여 미합중국의 육군, 해군, 공군을 대한민국의 영토와 그 부근에 배치하는 권리를 대한민국은 이를 허여하고 미합중국은 이를 수락한다.

【제5조】 본 조약은 대한민국과 미합중국에 의하여 각자의 헌법상의 수속에 따라 비준되어야 하며 그 비준서가 양국에 의하여 '워싱턴'에서 교환되었을 때에 효력을 발생한다.

【제6조】 본 조약은 무기한으로 유효하다. 어느 당사국이든지 타 당사국에 통고한 후 1년 후에 본 조약을 중지시킬 수 있다.

이상의 증거로서 하기전권위원은 본 조약에 서명한다.
본 조약은 1953년 10월 1일에 '워싱턴'에서 한국문과 영문으로 두 벌로 작성됨.

자료협조 : 외교통상부(www.madeinkorea.com)
　　　　　불평등한 SOFA개정 국민행동(www.sofa.jinbo.net)

[영 어 본]

MUTUAL DEFENSE TREATY BETWEEN THE REPUBLIC OF KOREA AND THE UNITED STATES OF AMERICA

Signed at Washington October 1, 1953

Entered into force November 18, 1954

The Parties to this Treaty,

Reaffirming their desire to live in peace with all governments, and desiring to strengthen the fabric of peace in the Pacific area,

Desiring to declare publicly and formally their common determination to defend themselves against external armed attack so that no potential aggressor could be under the illusion that either of them stands alone in the Pacific area,

Desiring further to strengthen their efforts for collective defense for the preservation of peace and security pending the development of a more comprehensive and effective system of regional security in the Pacific area,

Have agreed as follows:

【Article 1】 The Parties undertake to settle any international disputes in which they may be involved by peaceful means in such a manner that international peace and security and justice are not endangered and to refrain in their international relations from the threat or use of force in any manner inconsistent with the purposes of the United Nations, or obligations assumed by any Party toward the United Nations.

[Article 2] The Parties will consult together whenever, in the opinion of either of them, the political independence or security of either of the Parties is threatened by external armed attack. Separately and jointly, by self-help and mutual aid, the Parties will maintain and develop appropriate means to deter armed attack and will take suitable measures in consultation and agreement to implement this Treaty and to further its purposes.

[Article 3] Each Party recognizes that an armed attack in the Pacific area on either of the Parties in territories now under their respective administrative control, or hereafter recognized by one of the Parties as lawfully brought under the administrative control of the other, would be dangerous to its own peace and safety and declares that it would act to meet the common danger in accordance with its constitutional processes.

[Article 4] The Republic of Korea grants, and the United States of America accepts, the right to dispose United States land, air and sea forces in and about the territory of the Republic of Korea as determined by mutual agreement.

【Article 5】 This Treaty shall be ratified by the United States of America and the Republic of Korea in accordance with their respective constitutional processes and will come into force when instruments of ratification thereof have been exchanged by them at Washington.

【Article 6】 This Treaty shall remain in force indefinitely. Either party may terminate it one year after notice has been given to the other Party.

IN WITNESS WHEREOF the undersigned plenipotentiaries have signed this Treaty.

DONE in duplicate at Washington, in the Korean and English languages, this first day of October 1953.

본 '한미상호방위조약'의 내용을 보면 6 · 25 전쟁 직후 작성되었던 이유도 있었겠지만 각 당사국, 즉 한국과 미국이 어느 나라로부터 무력 위협을 받을 경우 상호 원조를 할 수 있도록 규정한 문서이다. 즉, 한국과 북한은 당시 전쟁이 끝난 것이 아니라 '휴전' 상태였기 때문에 미국은 자국의 군대를 한국에 주둔시키면서 북한의 위협에 대항하고자 했다.

이에 대해 우리가 S.O.F.A.라고 부르는 한미주둔군지위협정의 내용은 앞에서 제시한 [다음]과 같다.

S.O.F.A.는 한미상호방위조약에 의거하여 한국에 주둔하게 된 미군

의 법적 지위에 대해 한국 정부로부터 보장받기 위한 문서이다.

그리고, 2001년. 한국과 미국은 1966년에 체결하고 1991년에 개정한 S.O.F.A.를 10년 만에 다시 개정하기에 이르렀다. 대부분 초창기 협정 체결 당시 한국측에 불합리한 요소들을 한국의 국제 지위에 걸맞게 수정하는 자리였으나, 주한미군의 법적 지위, 즉 다시 말해서 '재판권 이양' 문제에 대해서만큼은 크게 개선되지 않았다.

하지만 이 문제는 자국민 보호에 적극적이어야 하는 '국가'의 권한상 미국과 한국뿐만 아니라 어느 나라든지 마찰이 생길 소지가 충분한 것이다.

이전 상황에 비추어 2001년에 개정된 한미 S.O.F.A.를 보도록 하자.

[2001년 개정된 S.O.F.A.]

1966년 7월 9일 서명된 대한민국과
아메리카합중국 간의
상호방위조약 제4조에 의한 시설과 구역 및
대한민국에서의 합중국 군대의 지위에 관한 협정
개정협정

대한민국과 아메리카합중국은,

1966년 7월 9일 서울에서 서명된 대한민국과 아메리카합중국 간의 상호방위조약 제4조에 의한 시설과 구역 및 대한민국에서의 합중국 군대의 지위에 관한 협정을 개정하기로 희망하여, 다음과 같이 합의하였다.

【제 1 조】 제22조제5항(다)를 다음과 같이 개정한다.
대한민국이 재판권을 행사할 합중국 군대의 구성원·군속 또는 그들의 가족인 피의자의 구금은 그 피의자가 대한민국에 의하여 기소될 때까지 합중국 군 당국이 계속 이를 행한다.

【제 2 조】 이 협정은 대한민국 정부가 아메리카합중국 정부에 대하여 동 협정이 대한민국의 국내법상의 절차에 따라 승인되었다는 서면통고를 한 날부터 1월 후에 그 효력을 발생한다.

이상의 증거로 아래 서명자는, 그들 각자의 정부로부터 정당한 권한을 위임받아 이 협정에 서명하였다.

2001년 1월   일 서울에서 동등하게 정본인 한국어와 영어로 각 2부씩 작성되었으며, 서로 차이가 있을 경우에는 영어본이 우선한다.

대한민국을 대표하여   아메리카합중국을 대표하여

AGREEMENT BETWEEN
THE REPUBLIC OF KOREA AND
THE UNITED STATES OF AMERICA AMENDING
THE AGREEMENT UNDER ARTICLE IV OF
THE MUTUAL DEFENSE TREATY BETWEEN
THE REPUBLIC OF KOREA AND
THE UNITED STATES OF AMERICA,
REGARDING FACILITIES AND AREAS AND
THE STATUS OF UNITED STATES ARMED FORCES IN
THE REPUBLIC OF KOREA OF
JULY 9, 1966, AS AMENDED

The Republic of Korea and the United States of America,

Desiring to amend the Agreement between the Republic of Korea and the United States of America Under Article IV of the Mutual Defense Treaty between the Republic of Korea and the United States of America, Regarding Facilities and Areas and the Status of United States Armed Forces in the Republic of Korea, signed at Seoul July 9, 1966, as amended,

Have agreed as follows:

[Article 1] Article XXII Paragraph 5(c) shall be amended to read as follows:

The custody of an accused member of the United States armed forces or civilian component, or of a dependent, over whom the Republic of Korea is to exercise jurisdiction shall remain with the military authorities of the United States until he is indicted by the Republic of Korea.

[Article 2] This Agreement shall enter into force one month after the date of a written notification from the Government of the Republic of Korea to the Government of the United States of America that it has approved the Agreement in accordance with its legal procedures.

IN WITNESS WHEREOF the undersigned, being duly authorized by their respective Governments, have signed this Agreement.

DONE at Seoul this   day of January, 2001, in duplicate, in the Korean and English languages, both texts being equally authentic, and in case of divergence, the English text shall prevail.

FOR THE REPUBLIC OF KOREA:
FOR THE UNITED STATES OF AMERICA:

1966년 7월 9일 서명된 대한민국과
아메리카합중국 간의 상호방위조약 제4조에 의한
시설과 구역 및 대한민국에서의 합중국 군대의 지위에
관한 협정의 개정합의의사록

대한민국과 아메리카합중국은 1966년 7월 9일 서명된 대한민국과
아메리카합중국 간의 상호방위조약 제4조에 의한 시설과 구역 및 대한
민국에서의 합중국 군대의 지위에 관한 협정의 합의의사록을 다음과
같이 개정하기로 합의한다.

【제3조】 제2항에 관한 새로운 합의의사록을 추가한다.

대한민국 정부와 합중국 정부는 1953년 상호방위조약에 의한 대한
민국에서의 방위활동과 관련하여 환경보호의 중요성을 인식하고 인정
한다. 합중국 정부는 자연환경 및 인간건강의 보호에 부합되는 방식으
로 이 협정을 이행할 것을 공약하고, 대한민국 정부의 관련 환경법령
및 기준을 존중하는 정책을 확인한다. 대한민국 정부는 합중국 인원의
건강 및 안전을 적절히 고려하여 환경법령과 기준을 이행하는 정책을
확인한다.

【제17조】 제2항을 다음과 같이 개정한다.

합중국 정부가 대한민국 노동관계법령을 따른다는 약속은 합중국 정
부가 국제법상 동 정부의 면제를 포기하는 것을 의미하지 아니한다. 합
중국 정부는 정당한 이유가 없거나 혹은 그러한 고용이 합중국 군대의
군사상 필요에 배치되지 아니하는 경우에는 고용을 종료하여서는 아니

된다. 군사상 필요로 인하여 감원을 요하는 경우에는, 합중국 정부는 가능한 범위까지 고용의 종료를 최소화하기 위하여 노력하여야 한다.

【제 22 조】 제5항(다)에 관한 새로운 합의의사록을 추가한다.

1. 대한민국 당국이 1차적 재판권을 행사할 사건과 관련하여 합중국 군대의 구성원·군속 또는 그들의 가족인 피의자를 체포한 경우, 대한민국 당국은, 대한민국 당국에 의한 수사와 재판이 가능할 것을 전제로, 요청에 따라 그 피의자를 합중국 군 당국에 인도한다.

2. 대한민국 당국이 합중국 군대의 구성원·군속 또는 그들의 가족인 피의자를 범행현장에서, 또는 동 현장에서의 도주 직후나 합중국 통제구역으로의 복귀 전에 체포한 경우, 그가 살인과 같은 흉악범죄 또는 죄질이 나쁜 강간죄를 범하였다고 믿을 상당한 이유가 있고, 증거인멸·도주 또는 피해자나 잠재적 증인의 생명·신체 또는 재산에 대한 가해 가능성을 이유로 구속하여야 할 필요가 있는 때에는, 합중국 군 당국은 그 피의자의 구금인도를 요청하지 아니하면 공정한 재판을 받을 피의자의 권리가 침해될 우려가 있다고 믿을 적법한 사유가 없는 한 구금인도를 요청하지 아니하기로 합의한다.

3. 대한민국이 1차적 재판권을 가지고 기소시 또는 그 이후 구금인도를 요청한 범죄가 구금을 필요로 하기에 충분한 중대성을 지니는 아래 유형의 범죄에 해당하고, 그같은 구금의 상당한 이유와 필요가 있는 경우, 합중국 군 당국은 대한민국 당국에 구금을 인도한다.
   (가) 살인
   (나) 강간(준강간 및 13세 미만의 미성년자에 대한 간음을 포함한다)
   (다) 석방대가금 취득목적의 약취·유인
   (라) 불법 마약거래

⒨ 유통목적의 불법 마약제조

⒝ 방화

⒮ 흉기 강도

⒪ 위의 범죄의 미수

⒳ 폭행치사 및 상해치사

⒞ 음주운전으로 인한 교통사고로 사망 초래

⒡ 교통사고로 사망 초래 후 도주

⒠ 위의 범죄의 하나 이상을 포함하는 보다 중한 범죄

4. 피의자가 혐의범죄를 범하였다는 "상당한 이유"라 함은 피의자가 그 죄를 범하였다고 믿을 합리적인 근거가 있다는 사법적 결정을 말한다. 이러한 사법적 결정은 대한민국의 법령에 따라 이루어진다.

5. 재판 전 구금의 "필요"라 함은, 피의자가 증거를 인멸하였거나 또는 인멸할 가능성이 있거나, 도주할 가능성이 있거나, 또는 피해자, 잠재적 증인, 또는 그들의 가족의 생명·신체 또는 재산에 해를 가할 우려가 있다고 의심할 합리적인 근거를 이유로 피의자의 구금이 요구된다는 사법적 결정을 말한다. 이러한 사법적 결정은 대한민국의 법령에 따라 이루어진다.

6. 대한민국의 법령상 허용되는 모든 경우, 피의자의 체포·구금 또는 체포·구금을 위한 청구의 적법성을 심사할 구속 전의 피의자심문은 피의자에 의하여 그리고 피의자를 위하여 자동적으로 신청되고 개최된다. 피의자와 그의 변호인은 동 심문에 출석하며, 참여가 허용된다. 합중국 정부 대표 또한 동 심문에 출석한다.

7. 보석신청권과 법관에 의한 보석심사를 받을 권리는 모든 재판절차가 종결되기 전까지 피의자 또는 피고인, 그의 변호인 또는 그의 가

족이 언제든지 주장할 수 있는 지속적인 권리이다.

8. 피의자 또는 피고인이 질병·부상 또는 임신 중인 특별한 경우, 합중국 군 당국이 재판전 구금의 포기 또는 연기를 요청하면 대한민국 당국은 호의적 고려를 하여야 한다.

9. 피의자 또는 피고인이 합중국 군 당국의 구금하에 있는 경우, 합중국 군 당국은, 요청이 있으면 즉시 대한민국 당국으로 하여금 이러한 피의자 또는 피고인에 대한 수사와 재판을 할 수 있게 하여야 하며, 또한 이러한 목적을 위하여 그리고, 사법절차의 진행에 대한 장애를 방지하기 위하여 모든 적절한 조치를 취하여야 한다.

10. 피의자 또는 피고인이 합중국 군 당국의 구금하에 있는 경우 합중국 군 당국은 어느 때든지 대한민국 당국에 구금을 인도할 수 있다. 합중국 군 당국에 의하여 피의자 또는 피고인의 구금이 대한민국 당국으로 인도된 이후, 대한민국 당국은 어느 때든지 합중국 군 당국에 구금을 인도할 수 있다.

11. 합중국 군 당국은 특정한 사건에 있어서 대한민국 당국이 구금 인도를 요청하는 어떠한 경우에도 호의적인 고려를 하여야 한다.

제7항(나)에 관한 새로운 합의의사록을 추가한다.

대한민국 당국은 특정한 사건에 있어서 형 집행에 관하여 합중국 군 당국이 특별히 표명한 견해에 대하여 충분한 고려를 한다.

제9항(마)를 다음과 같이 개정한다.

변호인의 조력을 받을 권리는 체포 또는 구금되는 때부터 존재하며, 피의자 또는 피고인이 참여하는 모든 예비수사, 조사, 재판 전의 심리, 재판 자체 및 재판 후의 절차에 변호인을 참여하게 하는 권리와 이러한 변호인과 비밀리에 상의할 권리를 포함한다. 변호인의 조력을 받을 권리는 모든 수사 및 재판절차에서 이 협정과 대한민국 국내법 중 보다 유리한 범위내에서 존중된다.

제9항(사)를 다음과 같이 개정한다.

합중국의 정부대표와 접견·교통하는 권리는 체포 또는 구금되는 때부터 존재하며, 또한 동 대표가 참여하지 아니한 때에 피의자 또는 피고인이 한 진술은 피의자 또는 피고인에 대한 유죄의 증거로서 채택되지 아니한다. 동 대표는 피의자 또는 피고인이 출석하는 모든 예비수사, 조사, 재판 전의 심리, 재판 자체 및 재판 후의 절차에 참여할 수 있는 권리를 가진다. 합중국 당국은 요청이 있을 때에는 예비수사 또는 어떠한 후속절차에도 불필요한 지연을 초래하지 아니하도록 합중국 정부 대표의 신속한 출석을 보장한다.

제9항의 번호 없는 5번째 문단을 다음과 같이 개정한다.

대한민국 당국은 합중국 군 당국의 요청이 있을 경우, 그들로 하여금 합중국 군대의 구성원·군속 또는 가족이 구금되었거나 그러한 개인이 구금될 대한민국 구금시설의 구역을 방문 및 관찰하도록 허가하여야 한다.

제5항(다) 및 제9항에 관한 새로운 합의의사록을 추가한다.

1. 대한민국 당국 또는 합중국 군 당국이 이 협정에 대한 위반이 발생하였다고 판단하는 경우 해당 지방검찰청·지청 또는 이에 상당하는 기관의 검사와 법무참모 또는 적절한 법무장교는 이러한 위반사실이 일방에 의하여 타방에 통보된 날부터 10일 이내에 해결되도록 노력한다. 이러한 문제가 동 10일 이내에 만족스럽게 해결되지 아니할 경우, 어느 측이든지 합동위원회에 당해 상황과 위반사실의 근거

를 서면으로 통보할 수 있다.

2. 합동위원회가 서면통보를 접수한 날부터 21일 이내에 동 문제가 합동위원회에 의하여, 또는 양측에 의하여 해결되지 아니하는 경우, 합동위원회의 양측 대표는 제28조제3항에 따라 적절한 경로로 동 문제를 해결하기 위하여 이를 각자의 정부에 회부할 수 있다.

【제25 조】 다음과 같은 합의의사록을 추가한다.

제25조의 규정은 합중국의 설비·비품·재산·기록 및 공무상의 정보에 적용되는 것과 같은 방식으로, 기술된 대상자와 그의 재산을 보호하기 위하여 적용된다.

이 개정합의의사록은 대한민국 정부가 아메리카합중국 정부에 대하여 동 개정합의의사록이 대한민국의 국내법상의 절차에 따라 승인되었다는 서면통고를 하는 날부터 1월 후에 효력을 발생한다.

이상의 증거로, 아래 서명자는, 그들 각자의 정부로부터 정당한 권한을 위임받아 이 협정에 서명하였다.

2001년 1월   일 서울에서 동등하게 정본인 한국어와 영어로 각 2부씩 작성되었으며, 서로 차이가 있을 경우에는 영어본이 우선한다.

대한민국을 대표하여   아메리카합중국을 대표하여

AMENDMENTS TO THE AGREED MINUTES OF JULY 9, 1966 TO THE AGREEMENT UNDER ARTICLE IV OF THE MUTUAL DEFENSE TREATY BETWEEN THE REPUBLIC OF KOREA AND THE UNITED STATES OF AMERICA, REGARDING FACILITIES AND AREAS AND THE STATUS OF UNITED STATES ARMED FORCES IN THE REPUBLIC OF KOREA, AS AMENDED

The Republic of Korea and the United States of America agreed to amend the Agreed Minutes of July 9, 1966 to the Agreement Under Article IV of the Mutual Defense Treaty between the Republic of Korea and the United States of America, Regarding Facilities and Areas and the Status of United States Armed Forces in the Republic of Korea, with Agreed Minutes, as amended as follows:

〔Article 3〕 Add a new Agreed Minute Re Paragraph 2

The Republic of Korea Government and the United States Government recognize and acknowledge the importance of environmental protection in the context of defense activities in the Republic of Korea under the Mutual Defense Treaty of 1953. The

United States Government commits itself to implementing this Agreement in a manner consistent with the protection of the natural environment and human health, and confirms its policy to respect relevant Republic of Korea Government environmental laws, regulations, and standards. The Republic of Korea Government confirms its policy to implement its environmental laws, regulations, and standards with due regard for the health and safety of United States personnel.

[Article 17] Amend Paragraph 2 as follows:

The undertaking of the Government of the United States to conform to the provisions of the labor legislation of the Republic of Korea does not imply any waiver by the Government of the United States of its immunities under international law. The Government of the United States shall not terminate employment unless there is just cause or unless such employment is inconsistent with the military requirements of the United States armed forces. When military requirements make reductions necessary, the Government of the United States shall endeavor to minimize employee terminations to the extent possible.

[Article 22] Add a new Agreed Minute Re Paragraph 5(c):

1. In the event the Republic of Korea authorities have arrested an accused who is a member of the United States armed forces or the civilian component, or a dependent, with respect to a case over which the Republic of Korea has the primary right to

exercise jurisdiction, the Korean authorities will, on request, hand him over to the custody of the United States military authorities, provided that he shall, on request, be made available to the Republic of Korea authorities, for the purposes of investigation and trial.

2. In cases where the Republic of Korea authorities have arrested an accused who is a member of the United States armed forces or the civilian component, or a dependent at the scene of the crime, in immediate flight therefrom or prior to the accused' s return to U.S. control and there is adequate cause to believe that he has committed a heinous crime of murder or an egregious rape, and there is necessity to retain him for the reason that he may destroy evidence; he may escape; or he may cause harm to the life, person or property of a victim or a potential witness, the United States military authorities agree not to request transfer of custody unless there is legitimate cause to believe that a failure to request custody would result in prejudice to an accused' s right to a fair trial.

3. The military authorities of the United States shall transfer custody to the Republic of Korea authorities if the offense over which the Republic of Korea has the primary right of jurisdiction and for which the Republic of Korea has requested the transfer of custody at the time of indictment or thereafter falls within the following categories of cases of sufficient gravity to warrant custody and adequate cause and necessity exists for such

custody:

(a) murder;

(b) rape (including quasi-rape and sexual intercourse with a minor under thirteen years of age);

(c) kidnapping for ransom;

(d) trafficking in illegal drugs;

(e) manufacturing illegal drugs for the purposes of distribution;

(f) arson;

(g) robbery with a dangerous weapon;

(h) attempts to commit the foregoing offenses;

(i) assault resulting in death;

(j) driving under the influence of alcohol, resulting in death;

(k) fleeing the crime scene after committing a traffic accident resulting in death;

(l) offenses which include one or more of the above-referenced offenses as lesser included offenses.

4. "Adequate cause" that the accused committed the offense charged shall be a judicial determination that there exist reasonable grounds to believe that the accused committed the offense. Such judicial determination shall be made in accordance with the laws of the Republic of Korea.

5. "Necessity" for pretrial custody shall be a judicial determination that confinement of the accused is required because there is reasonable ground to suspect that the accused has destroyed or may destroy evidence; that the accused may flee; or that the

accused is likely to cause harm to the life, person or property of a victim, a potential witness, or a family member of a victim or potential witness. Such judicial determination shall be made in accordance with the laws of the Republic of Korea.

6. In all situations where authorized under the law of the Republic of Korea, a preliminary hearing to examine the legality of any arrest, detention or request for either, is automatically requested by and on behalf of the accused and will be held. The accused and counsel for the accused shall be present and shall be permitted to participate. The United States representative shall also be present.

7. The right to request bail and to a review by a judge before deciding any such request shall be a continuing right that the accused, his counsel or his family may assert at any time prior to completion of all judicial proceedings.

8. The authorities of the Republic of Korea shall give sympathetic consideration to a request by the military authorities of the United States to forego or postpone pre-trial custody in special cases where the accused is ill, injured, or pregnant.

9. When an accused is in the custody of the military authorities of the United States, the military authorities of the United States shall promptly make any such accused available to the authorities of the Republic of Korea upon their request for the purposes of investigation and trial, and shall take all appropriate measures to that end and to prevent any prejudice to the course

of justice.

10. When an accused has been in the custody of the military authorities of the United States, the military authorities of the United States may transfer custody to the authorities of the Republic of Korea at any time. At any time after the custody of an accused has been transferred to the authorities of the Republic of Korea by the military authorities of the United States, the authorities of the Republic of Korea may transfer custody to the military authorities of the United States.

11. The military authorities of the United States shall give sympathetic consideration to any request for transfer of custody which may be made by the authorities of the Republic of Korea in specific cases.

Add a new Agreed Minute Re Paragraph 7(b):

The authorities of the Republic of Korea will give full account to any special view expressed by the military authorities of the United States regarding the execution of the sentence in specific cases.

Amend Paragraph 9(e) to read as follows:

The right to legal representation shall exist from the moment of arrest or detention and shall include the right to have counsel present and to consult confidentially with such counsel, at all preliminary investigations, examinations, pretrial hearings, the trial itself, and subsequent proceedings at which the accused is present.

The right to counsel will be respected in all investigative and judicial proceedings to the greater extent permitted by this Agreement or by the law of the Republic of Korea.

Amend Paragraph 9(g) to read as follows:

The right to communicate with a representative of the Government of the United States shall exist from the moment of arrest or detention, and no statement of the accused taken in the absence of such a representative shall be admissible as evidence in support of the guilt of the accused. Such representative shall be entitled to be present at all preliminary investigations, examinations, pretrial hearings, the trial itself and subsequent proceedings, at which the accused is present. The U.S. authorities shall, upon request, ensure the prompt presence of the representative of the Government of the United States in order to prevent unnecessary delay of the preliminary investigation or any subsequent proceedings.

Amend the fifth unnumbered paragraph Re Paragraph 9 to read as follows:

The authorities of the Republic of Korea shall, upon request from the military authorities of the United States, permit them to visit and observe any areas of any confinement facilities of the Republic of Korea in which a member of the United States armed forces or civilian component, or a dependent is confined, or in which it is proposed to confine such an individual.

Add a new Agreed Minute Re Paragraphs 5(c) and 9:

1. If the authorities of the Republic of Korea or the military authorities of the United States believe an infringement of this agreement may have occurred, the appropriate branch, district or similar level prosecutor and the staff judge advocate or appropriate legal officer will seek to resolve the matter within 10 days of either party notifying the other of such infringement. If the matter is not satisfactorily resolved within these 10 days, either party may send written notice to the Joint Committee describing the circumstances and the basis of the alleged infringement.

2. If the matter is not resolved by the Joint Committee or otherwise between the parties within 21 days of receipt by the Joint Committee of the written notice, either representative to the Joint Committee may refer the matter to the respective Governments for resolution through appropriate channels in accordance with Paragraph 3 of Article XXVIII.

[Article 25] Add a new Agreed Minute:

The provisions of Article XXV apply to the protection of described personnel and their property in the same manner that they apply to the installations, equipment, property, records, and official information of the United States.

These Agreed Minutes shall enter into force one month after the date of a written notification from the Government of the Republic of Korea to the Government of the United States of America that it has approved these Agreed Minutes in accordance with its legal procedures.

IN WITNESS WHEREOF the undersigned, being duly authorized by their respective Governments, have signed these Agreed Minutes.

DONE at Seoul this   day of January, 2001, in duplicate, in the Korean and English languages, both texts being equally authentic, and in case of divergence, the English text shall prevail.

FOR THE REPUBLIC OF KOREA:

FOR THE UNITED STATES OF AMERICA:

대한민국과 아메리카합중국 간의
상호방위조약 제4조에 의한
시설과 구역 및 대한민국에서의 합중국 군대의 지위에
관한 협정과 관련 합의의사록에 관한 양해사항

대한민국과 아메리카합중국은 다음 양해사항에 합의하였다.

【제2조】

제1항(나)

대한민국은 재사용권 유보하에 반환된 시설과 구역에 대하여 유보된 재사용권 포기를 합동위원회 또는 시설구역분과위원회를 통하여 합중국 군대에 요청할 수 있고, 합중국 군대는 그러한 시설과 구역이 가까운 장래에 재사용될 것으로 예견되지 아니하면 이러한 제의를 호의적으로 고려한다.

제3항

1. 대한민국과 합중국은 공여 당시 최초의 취득문서에 명시된 용도상 또는 장래의 사용계획상 더 이상 필요하지 아니한 시설 및 구역을 반환하기 위한 목적으로 주한미군지위협정 제2조에 따라 공여된 모든 시설 및 구역을 매해 1회 이상 검토한다. 이는 대한민국이 어느 때든지 합동위원회 또는 시설구역분과위원회를 통하여 합중국 군대에게 특정한 시설과 구역의 반환을 요청하는 것을 배제하지 아니한다.

2. 합중국은 공여를 기록하는 취득문서에 당초 등재된 용도가 변경된 시설 및 구역이 있을 때마다 대한민국에 이를 통보하고 협의한다.

(가) 합중국이 공여구역 및 시설을 계속 사용할 필요성을 표명하는 경우, 시설구역분과위원회는 그 공여 구역의 실사를 실시한다. 공여구역의 실사결과 및 새로운 용도는 취득문서에 적절하게 기록된다.

(나) 공여구역 및 시설이 주요 군사건설 또는 부대 재배치와 같은 목적을 위하여 합중국에 의한 사용이 계획된 경우, 시설구역분과위원회는 공여구역의 실사를 실시한다. 사용계획은 3년을 초과하지 아니하는 기간 내에서 예상되는 계획 착수일과 함께 취득문서에 적절하게 기록된다. 내부적인 법적 제약으로 인하여 사용계획이 3년을 초과할 것으로 예상되는 경우, 합동위원회는 이를 통보받고 계획 착수일의 연장을 허가할 것인지 여부를 결정한다.

(다) 시설구역분과위원회가 구역 또는 시설에 대하여 현재 사용되지 아니하거나 사용계획이 없다고 결정하는 경우, 시설구역분과위원회는 그 구역이 반환되어야 한다는 건의와 함께 검토결과를 합동위원회에 보고한다. 합동위원회는 건의를 검토하고 그 구역 또는 시설의 반환을 지시한다. 합중국은 합동위원회가 승인한 조건에 따라 그 구역 또는 시설을 반환한다.

3. 이 양해사항 제1항에서 상정된 바와 같이 공여시설 및 구역에 대한 정확한 연례적인 검토를 지원하기 위하여, 합동위원회는 기존의 시설 및 구역을 합동으로 실사하기 위한 절차를 개발한다. 합동실사 절차는 공여구역의 경계 및 규모(면적), 공여구역상의 건물 및 구조물의 수, 그러한 건물 및 구조물의 규모와 면적을 확정하고, 개개의 공여시설 및 구역의 일반적인 범주의 용도를 확인하는 결과를 가져와야 한다. 합동실사의 결과는 적절하게 작성된 취득문서가 존재하는지, 양 당사국의 부동산담당 대표 및 기록사무소가 적절하게 편철하고 있는지를 확인하고 시설 또는 구역을 반환할 필요성이 있는지

여부를 결정하기 위하여 사용된다.

4. 공여구역 또는 시설의 사용이 침해와 같은 제약으로 인하여 손상되는 사례가 합동위원회에 보고되는 경우, 시설구역분과위원회는 그러한 제약을 합동위원회에 보고하고 이를 제거할 목적으로 즉시 협의에 착수한다. 대한민국은 양측이 수용 가능한 행정적 조치를 취하는 것을 포함하여 제약을 제거하기 위한 조치에 신속히 착수한다. 합중국 군대도 합중국이 모든 사용권을 가지는 공여구역 및 시설을 적절히 관리하고 가능한 범위까지 침해를 방지하기 위하여 필요한 조치를 취하며, 대한민국은 합중국 군대의 요청이 있으면 행정적 지원을 제공한다.

【제3조】

제1항

공여시설 및 구역 안에서 "설정·운영·경호 및 관리에 관한 필요한 모든 조치"를 취하는 합중국의 권리에 부합하여, 합중국은 계획된 ① 당초 건물의 개조 또는 철거(이전) 및 ② 관련 공익사업과 용역을 제공하는 지역 한국업체 또는 지역사회의 능력에 영향을 미칠 수 있거나 지역사회의 건강 및 공공안전에 영향을 미칠 수 있는, 합동위원회에 의하여 범위가 정하여진, 신축 또는 개축을 대한민국 정부에 대하여 적시에 통보하고 협의한다. 합중국은 대한민국 정부가 지방 정부와의 조정하에 건축계획을 검토할 수 있도록 충분한 시간을 두고 대한민국 정부에 대하여 통보하고 협의하며, 이러한 통보 및 협의에는 최초계획서의 제공이 포함될 수 있다. 합동위원회는 "최초계획서"의 형식을 개발한다. 대한민국 정부는 지방 정부와의 어떤 조정 결과에 관하여도 합중국 군대와 협의한다. 합중국은 대한민국이 표명한 견해에 대하여 적절히 고려한다. 이러한 절차는 합중국 군대가 계획목적을 위하여 지방 정부와 직접 조정하는 것을 배제하지 아니한다.

【제9조】

제5항

1. 합중국 군사우체국 경로를 통하여 배달되는 우편물에 대한 대한민국 세관 검사관의 검사에 관한 세부절차는 별도의 시행합의서에 규정된다.

2. 대한민국 세관 당국은 이사 물품이나 개인 선적화물이 군대 구성원 개인·군속 또는 그들의 가족에게 우송될 때 그들의 숙소에서, 그들의 입회하에서 합중국 당국의 검사에 참석할 수 있다. 이러한 대한민국 세관 당국은 합중국 당국의 어떠한 예정된 검사도 입회할 수 있다. 특정한 화물에 금수품 또는 합리적인 범위를 벗어난 양의 물품이 포함된 것이 심각하게 의심된다는 대한민국 세관 당국의 적절한 사전통보가 있으면 합중국 당국은 예정되지 아니한 검사를 준비한다. 대한민국 세관 당국은 숙소에서 그리고 구성원 개인·군속 또는 허가된 요원의 입회하에서 그러한 예정되지 아니한 검사에 참관할 기회가 부여된다.

3. 대한민국 세관 당국은 주한미군의 공인된 조달기관과 제13조에 규정된 비세출자금기관을 포함한 주한미군에 탁송된 군사화물에 대한 세관검사를 하지 아니한다. 비세출자금기관에 탁송된 화물에 대하여는 합중국 당국이 대한민국 당국에 정기적으로 화물목록과 선적서류를 포함한 관련 정보를 제공한다. 기타 관련 정보는 요청에 따라 합동위원회 또는 면세물품불법거래임시분과위원회를 통하여 제공된다.

제6항

합중국 당국은 대한민국 정부에 만족스럽고 대한민국 정부의 모든 관련 관세법령에 합치되는 시행절차에 관하여 대한민국 당국과 협의한다. 합중국 당국은 언제라도 그 군대의 구성원·군속, 초청계약자의 고용원과 이들의 가족에 대하여 대한민국이 요구하는 것보다 더욱 엄격한 제한을 가할 수 있으나, 덜 엄격한 제한을 가할 수는 없다.

합의의사록 제4

대한민국의 적절한 관계자는 명령에 따라 대한민국에 입국하는 합중국 군대 구성원에 대한 합중국 관계자의 검사에 입회자로 참석할 수 있다.

【제13조】

합중국 당국은 비자격자의 주한미군 비세출자금기관 이용을 통제하기 위하여 합리적이고 실제적인 노력을 한다. 주한미군지위협정의 관련규정을 준수하기 위하여 합중국 당국은 주한미군 비세출자금기관의 모든 한국 민간인 회원자격과 그 보고절차를 연 2회 검토한다.

【제15조】

제1항

1. 주한미군이 하나 또는 그 이상의 제3국 법인을 주한미군의 초청계약자로 사용함이 대한민국과 합중국 간의 상호 방위를 위하여 중대한 이익이 될 것이라고 결정하는 경우, 대한민국 정부 당국은 이러한 비합중국 법인에게 이 협정의 혜택을 확대하기 위한 합중국의 요청을 호의적으로 고려한다.

2. 주한미군은 대한민국 노동력으로부터 획득할 수 없는 특수기술을

보유하고 있는 제3국 계약자의 고용원을 특권없이 대한민국으로 데리고 올 수 있다.

【제16조】

1. 주한미군의 계약활동은 현지 계약회사의 등록에 관한 대한민국 정부의 행정적 요구사항을 존중한다. 주한미군과의 영업계약자에 대하여서만 특별히 요구사항이 부과되지 아니한다. 주한미군과 계약이 허용된 계약자는 군납협회나 유사기구에 가입할 것이 요구되지 아니한다.

2. "현지 계약회사 등록에 관한 행정적 요구사항"은 현지 회사의 등록과 면허에 관한 대한민국 정부의 법적 기준과 절차를 의미한다.

【제17조】

제3항과 합의의사록 제2와 제4

1. 제3항에 사용된 "주한미군"은 제15조제1항에 규정된 인원을 포함하는 것으로 이해한다.

2. 제3항에 사용된 "따라야 한다"는 고용조건·보상·노사관계가 이 조항 또는 합의의사록 제4에 규정된 절차에 따라 합동위원회에 의하여 별도로 합의되지 아니하는 한 대한민국의 노동법에 의하여 정하여지는 조건과 실질적으로 일치하여야 함을 의미한다. 고용조건·보상·노사관계가 실질적으로 일치하는지 여부에 관한 문제가 있는 경우에는, 양국 정부의 일방은 합의의사록 제4에 규정된 절차에 따라 합동위원회에 동 문제를 회부할 수 있다.

3. 제3항과 합의의사록 제2 및 제4에 사용된 "군사상 필요"는 합중국

군대의 군사목적 수행을 위하여 해결조치가 긴급히 요구되는 경우를 지칭하는 것으로 이해한다. 이 용어는 전쟁, 전쟁에 준하는 비상사태, 그리고 미국 법률에 의하여 부과되는 군의 임무변경이나 자원제약과 같은 상황에 대처하기 위한 합중국 군대의 준비태세 유지능력에 영향을 미치는 상황을 말한다.

4. 합의의사록 제4에 규정된 대한민국 노동법령으로부터의 이탈은 이의 합동위원회 회부가 비상사태시 군사작전을 심각히 저해할 경우 반드시 회부되지 아니하여도 된다.

제4항(가)

1. 대한민국과 주한미군은 이 항 하에서 발생하는 노동쟁의의 정당하고 공정한 해결을 촉진시키기 위하여 최대의 노력을 한다.

2. 주한미군은 주한미군 노동조합의 간부에 대하여 불리한 조치를 취하기 전에 대한민국 노동부의 적절한 관계자에게 이를 통보한다.

제4항(가)(1)

제17조제4항(가)(1)에 규정된 노사쟁의 해결절차와 노동청의 역할이 변경됨에 따라, 관계 당사자는 대한민국 노동위원회에 조정을 신청하여야 하며, 노동위원회는 쟁의조정을 관할한다.

그 절차는 다음과 같다.

1. 노동위원회는 각각의 쟁의를 조정하기 위한 위원회를 구성한다.

2. 조정위원회는 3인의 위원으로 구성된다.

3. 쟁의 당사자는 중앙노동위원회의 공익조정위원 명단에서 교대로 이름을 배제하는 방식으로 3인의 위원을 선정한다.

4. 조정은 노동위원회에 조정신청을 접수한 날부터 15일 이내에 완료되어야 한다.

5. 관계 당사자는 노동위원회의 조정기간을 추가로 15일간 연장하는 데 합의할 수 있다.

6. 조정절차의 세부사항은 합동위원회에서 합의되는 바에 의한다.

7. 노동위원회 조정위원회의 조정은 권고적이며 당사자를 구속하는 것은 아니다.

8. 조정위원회가 합의에 도달하지 못하는 경우, 그 문제는 합동위원회에 회부된다.

제4항(가)(2)

1. 조정노력을 원활히 하기 위하여 특별위원회는 문제된 쟁의를 조사함에 있어서 고용주 대표를 포함하여 당해 쟁의를 알고 있는 인원과 관련 정보에 접할 수 있다.

2. (가) 이 항 하에서 특별위원회에 회부되는 쟁의는 주로 단체행동 사안에 관련된 것으로 이해한다. 그러나 대한민국 노동부는 개인사안도 고용원이 그 사안에 대한 고용주의 최종결정을 접수한 후 60일 이내에 추가검토를 소청하고, 이에 따라 합중국 군대의 관련 서류를 검토한 결과 아래와 같은 사실을 발견하면 합동위원회 또는 노무분과위원회를 통하여 이 특별위원회에 이를 회부할 수 있다.

   ① 고용주의 최종결정이 통상적인 청원절차를 마친 후에 내려졌고,

   ② 당해 고용원이 소청에 동의하고 특별위원회의 결정을 최종적인 것으로 받아들일 것임을 서면으로 합의하였으며, 그리고,

   ③ 현저히 불공정한 결정이나 적정한 행정절차를 거치지 아니하였다고 믿을 만한 이유가 있는 경우,

   합중국 군대는 노동부의 회부 요청에 대하여 적시에 응한다.

   (나) 이러한 절차에 있어 고용원은 자신이 선택한 변호인 또는 개인대표에 의하여 대표될 수 있다. 회부되는 개인사안에 대한 특별위원회

의 결정의 구속력을 감안하여, 특별위원회는 최종결정에 이르러야 하며, 이러한 사안은 제4항(가)(3)에 규정된 바와 같이 추가 검토를 위하여 합동위원회에 상정되지 아니한다. 특별위원회의 개인사안에 대한 검토는 사안에 대한 행정기록과 고용원 또는 고용주에 의하여 제출된 서면기록이나 구두 논의에 한정된다. 특별위원회는 복직과 보수의 소급지급까지를 포함하여 적절한 구제조치를 명령할 전권을 가진다.

(다) 특별위원회는 대한민국 정부와 주한미군에서 각각 동수로 대표되는 6인 이하의 위원으로 구성된다. 모든 위원은 공정하고 공평한 결정을 내릴 수 있어야 하며, 따라서 검토 중인 사안에 참여하지 아니한 자이어야 한다. 모든 결정은 다수결에 의한다.

제4항(가)(5)

제17조제4항(가)(5)와 관련하여 그리고 변화된 노동관행을 고려하여, 고용원 단체나 고용원은 노동위원회에 조정신청이 접수된 날부터 최소한 45일간은 정상적인 업무요건을 방해하는 어떠한 행위에도 종사할 수 없으며, 그 기간이 끝날 때 주한미군지위협정에 부합하여, 그 문제는 합동위원회에 회부되는 것으로 이해한다.

【제22조】

제1항(가)에 관한 합의의사록

1. 대한민국 정부는 제1항(가)에 관한 합의의사록의 후단에 의한 통보가 있으면 합중국 군 당국이 형사재판권 조항의 규정에 의하여 그러한 자에 대하여 재판권을 행사할 수 있음에 합의한다.

2. 대한민국의 계엄령으로 인하여 어느 국가도 평시 대한민국의 민간

법원에서 처벌할 수 있는 합중국 군속과 가족의 범죄에 대하여 관할권을 행사할 수 없는 경우를 방지하고 동시에 이들에게 공정한 재판의 권리를 보장하기 위하여 주한미군은 대한민국이 이들을 주한미군지위협정의 일반적인 안전기준에 따라 정상적으로 구성된 민간법원에서 재판할 것을 보장하면 합중국 군속 및 가족에 대한 대한민국의 재판권 행사요청을 호의적으로 고려한다.

제1항(나)

대한민국 민간 당국은 합중국 군대의 구성원·군속 또는 가족의 체포·수사 및 재판에 대한 완전한 통할권을 보유한다.

제2항에 관한 합의의사록

합중국 당국은 전속적 재판권의 포기를 요청함에 있어서 최대한으로 자제할 것을 양해한다.

제3항(가)에 관한 합의의사록

1. 어떤 자가 특정한 임무수행을 요구하는 행위로부터 실질적으로 이탈한 경우, 이는 통상 그 자의 "공무" 밖의 행위를 뜻한다.

2. 공무증명서는 법무참모의 조언에 따라서만 발급되어야 하며, 장성급 장교만이 공무증명서를 발급할 권한이 있다.

3. ㈎ 수정이 합의되지 아니하는 한, 증명서는 결정적이다. 그러나 대한민국 당국은 합중국 군대의 어떠한 공무증명서에 대하여도 토의·질문 또는 거부할 수 있다. 합중국 당국은 이와 관련하여 대한민국 당국이 제기하는 여하한 의견에 대하여도 정당한 고려를 하여야 한다.

㈏ 대한민국의 하위 당국이 합중국 군대의 어떠한 공무증명서에 대

하여, 토의 · 질문 또는 거부할 수 있는 권한과 관련하여, 해당 지방 검찰청 · 지청 또는 이에 상당하는 기관의 검사는 어떠한 의문시되는 공무증명서에 대하여도 이를 접수한 날부터 10일 이내에 법무참모 또는 적절한 법무장교와 토의할 수 있다. 만일 검사의 동 증명서 접수일부터 10일 이내에 만족할 만한 해결에 도달하지 못하였을 경우에는 법무부의 해당 당국자는 어떠한 남아 있는 미합의 사항도 주한미군 법무감 또는 그가 지정하는 대리인과 토의할 수 있다. 만일 공무증명서가 지역의 검사에게 최초로 제출된 후 20일 이내에 합의에 도달하지 못하면, 남아 있는 미합의 사항은 합동위원회 또는 형사재판권분과위원회에 회부될 수 있다. 만일 합동위원회 또는 형사재판권분과위원회가 합당한 기간 내에 남아 있는 미합의 사항을 해결할 수 없는 경우에는 외교경로를 통하여 해결하도록 회부될 수 있다. 피고인이 지체없이 신속한 재판을 받을 권리가 공무증명서의 검토지연으로 박탈되지 아니하도록 하기 위하여 공무증명서가 최초로 제출된 후 30일 이내에 상호 합의에 도달하지 못할 경우에는 동 협의의 계속과는 관계없이 합중국 군 당국은 피의사실에 대하여 군법회의에 의한 재판, 비사법적 징벌 부과 또는 기타의 적절한 조치를 취할 수 있다.

제3항(나)에 관한 합의의사록 제3(나)

이 조항에서 대한민국 대표가 대한민국 영역 밖에서 행하여지는 군대 구성원 · 군속 또는 이들의 가족을 대상으로 한 재판에 참여할 수 있도록 명기한 것은, 이러한 재판이 대한민국 영역 내에서 행하여 질 때 이에 참관할 권리가 배제되는 것으로 해석되지 아니한다.

제3항(다)

1. 일방 당사국이 타방 당사국의 1차적 관할권 포기를 요청하고자 할 경

우, 해당 범죄의 발생을 통보받거나 달리 알게 된 후 21일을 넘지 아니하도록 가능한 한 빠른 시일 내에 이를 서면으로 요청하여야 한다.

2. 1차적 관할권을 가지는 당사국은 서면 요청을 접수한 후 28일 이내에 동 요청에 대한 결정을 하고, 이를 타방 당사국에게 알려 주어야 한다.

3. 특별한 이유가 있을 때, 1차적 관할권을 가지는 당사국은 본래의 28일의 기간이 종료되기 전에 당해 사안을 확인하면서 통상 14일을 넘지 아니하는 특정 기간의 연장을 요구할 수 있다.

4. 1차적 관할권을 가지는 당사국이 관할권을 행사하지 아니하기로 결정하거나 연장 기간을 포함하여 정하여진 기간 이내에 그 결정을 타방 당사국에 통보하지 아니할 때에는 요청 당사국이 경합적 관할권을 행사할 수 있다.

제5항(다)

1. 대한민국 당국은 적절히 임명된 합중국 대표의 입회하에 합중국 군대 구성원·군속 또는 가족을 신문할 수 있으며 체포 후 신병을 합중국 군 당국에 인도하기 전에 사건에 대하여 예비수사를 할 수 있다. 법적 대표의 권리는 체포 또는 구금의 순간부터 존재하며 동 권리는 변호인을 출석시킬 권리, 피의자가 출석하는 모든 예비적 수사, 조사, 재판 전 신문, 재판절차 자체 그리고 후속절차에서 그러한 변호인과 비밀리에 상의할 권리들을 포함한다. 합중국 대표는 불편부당한 입회자이어야 하며 합중국 대표와 변호인은 어떠한 신문에도 개입할 수 없다.

2. 대한민국이 1차적 재판권을 갖는 사건에 관하여 기소시 또는 기소 후 합중국 군대의 구성원·군속 또는 그들의 가족에 대하여 이루어

지는 "재판 전 구금"("최종판결 전의 구금"을 의미한다)의 인도요청은 이러한 구금의 상당한 이유와 필요가 있는 경우, 제22조제5항(다)에 관한 합의의사록에 규정되어 있거나 추후 합동위원회에서 합의되는 유형의 범죄에 대하여 이루어질 수 있다.

3. 대한민국이 1차적 재판권을 갖는 사건에 관하여 합중국 군대의 구성원·군속 또는 그들의 가족인 피의자 또는 피고인의 구금은, 제22조제5항(다)에 관한 합의의사록의 제2항·제3항·제10항 또는 제11항에 따라 대한민국 당국에 인도되거나 대한민국 당국에 의하여 구금되지 아니하고 합중국 군 당국의 수중에 있는 경우, 모든 재판절차가 종결되고 대한민국 당국이 구금을 요청할 때까지 합중국 군 당국이 이를 계속 행한다.

4. 합중국 군 당국은, 대한민국 당국이 1차적 재판권을 갖는 중대 범죄에 관하여 대한민국 당국으로부터 피의자 또는 피고인의 "재판 전 구금"("최종판결 전의 구속"을 의미한다)을 요청받는 경우 이에 대하여 충분히 고려한다.

5. 대한민국 당국은 합중국 군 당국으로부터 그 군대 구성원·군속 또는 그들의 가족인 피의자 또는 피고인의 구금 계속에 관한 협조 요청을 받는 경우 이에 대하여 호의적 고려를 한다. 이는 합중국 군대의 구성원·군속 또는 가족인 피의자 또는 피고인의 구금 계속을 위하여 대한민국 당국이 합중국 군 당국에게 협조를 제공할 의무를 부과하는 것이 아니다. 오히려, 이 규정은 합중국 군 당국이 수사와 재판을 위한 대한민국 당국의 요청이 있을 때 피의자 또는 피고인을 출석시킬 수가 없다고 생각할 경우 구금을 인도하기 위한 절차를 제공하기 위한 것이다.

6. 대한민국 당국은 기소 후 그 구금하의 피고인을 상대로, 기소된 범죄사실 또는 그와 동일한 사실관계에 근거하여 기소될 수 있었던 범죄사실의 기초를 이루는 사실·상황 또는 사건에 관하여 신문하지 아니한다. 대한민국 당국은 기소된 범죄와는 별개의 범죄사실의 기초를 이루거나 이룰 수 있는 전혀 관련이 없는 사실·상황 또는 사건에 관하여서는 동 피고인을 신문할 수 있다. 이러한 경우 대한민국 당국은 주한미군 법무감에게 통보하여야 한다. 기소 전에 이루어진 변호인 참여 요청은 어떠한 신문에도 적용된다.

7. 제22조제5항(다)에 관한 합의의사록 제2항에 따라 대한민국 당국이 피의자를 계속 구금하고 있는 경우, 피의자가 변호인 참여를 원하면 대한민국 당국은 변호인이 선임되어 합중국 대표와 함께 예비조사에 참여할 때까지 피의자의 신분과 신원을 확인하기 위하여 필요한 것 이상의 신문을 하지 아니한다. 이러한 경우, 대한민국의 법상 체포 후 48시간 내에 구속영장을 청구하여야 한다는 요건은 변호인 참여가 가능할 때까지 정지된다.

8. 대한민국 당국의 구금하에 있는 동안 피의자는 그의 권리에 관하여 고지를 받은 후 포기서면에 서명하지 아니하는 한 어떠한 조사나 신문에의 변호인 참여도 포기되지 아니한다. 합중국 대표는 또한 피의자가 그의 권리에 관하여 고지를 받은 후 이를 알고 자발적으로 포기서면에 서명하였다는 사실을 인증하기 위하여, 동 포기 서면에 서명한다. 이러한 경우, 대한민국 당국은 이 항에 따라 변호인의 참여가 적절히 포기되지 아니하는 한, 변호인의 참여 없이 취득된 진술과 이러한 진술로부터 나온 증거는 어떠한 후속절차에서도 채택되지 아니한다는 것을 보증한다.

9. 피의자 또는 피고인의 프라이버시와 무죄 추정은 수사 및 재판절차

를 통하여, 특히 현장검증시에 존중된다. 이러한 모든 절차는 피의자 또는 피고인의 공정한 재판을 받을 권리가 침해되지 아니하는 방향으로 이루어져야 한다. 이 항은 대한민국 수사 당국에 의한 어떠한 신문도 제한하는 근거가 되지 아니한다.

10. 대한민국 당국은 재판 전 구금 또는 구속의 시설이 합동위원회에 의하여 설정된 기준에 합치하거나 그 이상일 것과, 합동위원회에 의하여 사전 승인될 것을 보장한다. 피의자 또는 피고인은 합중국의 적절한 대표·변호인 및 가족과의 통상적인 연락 및 접견이 허용되고, 형확정자와 혼재 수감되지 아니하며, 최종형의 선고 전에 징역 또는 노역에 처하여지지 아니한다. 대한민국은 가족접견의 횟수와 시간에 관한 특별 요청에 대하여 호의적 고려를 하여야 한다. 변호인은 정상근무시간 중 언제든지 피의자 또는 피고인과 접견하여, 그들이 필요하다고 생각하는 시간 동안 비밀리에 상의할 권리를 가진다.

11. 22조제9항㈎의 요건에 따라

㈎ 피의자는 대한민국 당국에 의하여 최초로 재판 전 구금에 처하여진 날부터 30일 이내에 또는 대한민국 법령이 정하는 보다 짧은 기간 내에 기소되거나 석방되어야 한다.

㈏ 1심 재판이 완료되기 전 피고인의 구금은 6월 또는 대한민국 법령이 정하는 보다 짧은 기간을 초과하여서는 아니된다. 그러하지 아니하면 피고인은 대한민국 당국에 의한 구금으로부터 석방되어야 한다.

㈐ 항소심 재판 중의 피고인의 구금은 1심 법원의 결정에 따른 구금 만료일부터 4월 또는 대한민국 법령이 정하는 보다 짧은 기간을 초과하여서는 아니된다. 그러하지 아니하면 피고인은 대한민국 당국

에 의한 구금으로부터 석방되어야 한다. 그리고,

(라) 상고심 재판 중의 피고인의 구금은 항소심 법원의 결정에 따른 구금 만료일부터 4월 또는 대한민국 법령이 정하는 보다 짧은 기간을 초과하여서는 아니된다. 그러하지 아니하면 피고인은 대한민국 당국에 의한 구금으로부터 석방되어야 한다.

12. 아래의 사유로 재판절차가 정지된 기간은 전 항 (나), (다), (라)에 규정된 기간에 포함되지 아니한다.

(가) 피고인이 판사에 대하여 기피신청을 한 경우

(나) 공소사실 또는 적용법조의 추가·철회 또는 변경시 피고인의 방어준비를 위한 경우, 또는

(다) 피고인이 정신적 또는 육체적으로 무능력한 경우

제5항(라)

안전에 관한 범죄와 관련하여 대한민국 당국의 수중에 있는 피의자의 구금에 관하여는 그러한 구금을 하기에 적절한 경우에 대한 대한민국과 합중국 간의 상호 합의가 있어야 한다.

제9항에 관한 합의의사록의 번호없는 2번째 문단(가)

대한민국 법원의 항소절차에 의하여, 피고인은 항소법원에 의한 새로운 사실의 발견을 위한 근거로서 새로운 증거와 증인을 포함한 증거의 재조사를 요청할 수 있다.

【제23조】

제5항 및 제6항

1. 합동위원회는 대한민국 법원에 의한 민사재판권의 행사를 위한 절차를 제정하여야 한다.

2. 청구절차를 담당하는 합중국과 대한민국 당국은, 적절한 경우 치료비 사전 지급의 고려를 포함하여, 교통사고로 인한 피해배상청구의 판정과 지급이 신속히 이루어지도록 상호 노력한다.

【제26조】

1. 미군 당국은 주한미군지위협정에 따라 허가된 모든 입국항에서 격리대상 질병이 발견되지 아니하였다는 확인서를 분기별로 대한민국 보건복지부에 제출한다. 그러나, 그러한 질병이 발견되면 주한미군은 적절한 격리조치를 취하고 대한민국 관계 보건 당국에 즉시 통보할 것을 양해한다.

2. 동물, 식물의 해충 및 질병이 한국으로 유입되는 것을 방지하기 위하여, 그리고 합중국 군대 구성원·군속 및 그들의 가족을 위한 식료품이 부적절한 중단 없이 공급되도록 보장하기 위하여, 양국 정부 당국은 합동위원회에 의하여 설정되는 절차에 따라 합동검역을 실시하는 것에 합의한다.

3. 미군 당국은 후천성면역결핍증 환자 또는 인체 면역결핍바이러스 감염자로 판명된 주한미군 요원의 한국인 접촉선에 관한 적절한 정보를 즉시 대한민국 관계 보건 당국에 제공한다. 나아가, 미군 당국은 전염병 관계정보를 주기적으로 그리고 질병 발생시 수시로 제18 의무단 방역부대 참모 또는 적절한 후속 부대와 직접 접촉하여 대한민국 정부에 제공한다.

대한민국과 합중국은 장래에 주한미군지위협정에 관한 새로운 문제가 제기될 때, 이의 해결을 위하여 합동위원회 또는 분과위원회에 계속 회부할 것을 합의한다.

이 양해사항은 대한민국 정부가 아메리카합중국 정부에 대하여 동 양해사항이 대한민국 국내법상의 절차에 따라 승인되었다는 서면통고를 한 날부터 1월 후에 효력을 발생한다.

이상의 증거로, 아래 서명자는, 그들 각자의 정부로부터 정당한 권한을 위임받아 이 양해사항에 서명하였다.

2001년 1월   일, 서울에서 동등하게 정본인 한국어와 영어로 각 2부씩 작성되었으며, 서로 차이가 있을 경우에는 영어본이 우선한다.

대한민국을 대표하여   아메리카합중국을 대표하여

UNDERSTANDINGS TO THE AGREEMENT UNDER ARTICLE IV OF THE MUTUAL DEFENSE TREATY BETWEEN THE REPUBLIC OF KOREA AND THE UNITED STATES OF AMERICA, REGARDING FACILITIES AND AREAS AND THE STATUS OF UNITED STATES ARMED FORCES IN THE REPUBLIC OF KOREA AND RELATED AGREED MINUTES, AS AMENDED

The Republic of Korea and the United States of America have agreed to the following Understandings:

【Article 2】

Paragraph 1(b)

The Republic of Korea, through the Joint Committee or its Facilities and Areas Subcommittee, may request the United States armed forces to waive the reserved right of re-entry on those facilities and areas that have been returned with the reserved right of re-entry, and the United States armed forces shall give sympathetic consideration to such request if such facilities and areas are not deemed to be re-entered in the foreseeable future.

Paragraph 3

1. The Republic of Korea and the United States shall review, on at least an annual basis, all facilities and areas granted under Article II of the Status of Forces Agreement with a view to returning the facilities and areas no longer needed for the use specified in the original acquisition document at the time of the grant or future programmed use. This does not preclude the Republic of Korea from requesting the United States armed forces through the Joint Committee or its Facilities and Areas Subcommittee for return of specific facilities and areas at any time.

2. Whenever there is a change in the use of granted facilities and areas as originally listed on the acquisition documents recording the grant, the United States will notify and consult with the Republic of Korea.

   (a) In a case in which the United States expresses a need to continue to use the granted area and facility, the Facilities and Areas Subcommittee will conduct a survey of the granted area. The survey results and the new use of the granted area will be properly recorded on the acquisition documents.

   (b) In a case in which the granted area and facility is programmed for use, such as for major military construction or unit realignment, by the United States, the Facilities and Areas

Subcommittee will conduct a survey of the granted area. The programmed use will be properly recorded on the acquisition documents with the expected program start date, not to exceed three years. If the programmed use is expected to exceed three years due to internal legislative constraints, the Joint Committee shall be notified and determine if an extension of the program start date is warranted.

(c) In a case in which the Facilities and Areas Subcommittee determines that there is no existing use or programmed use for an area or facility, the Facilities and Area Subcommittee will report the results of its review to the Joint Committee with a recommendation that the area be returned. The Joint Committee shall review the recommendation and direct the return of the area or facility. The United States will return the area or facility under terms and conditions approved by the Joint Committee.

3. In order to assist an accurate annual review of granted facilities and areas as envisaged in paragraph 1 of this Understanding, the Joint Committee will develop procedures to jointly survey existing facilities and areas. Joint survey procedures should result in a determination of the boundaries and size (area) of granted area(s), the numbers of buildings and structures on granted areas, the size and area of those structures and buildings, and verification of the general category of use of each granted facility and area. The results of joint surveys will be used to ensure that properly executed acquisition documents

exist and are properly filed with the real estate representatives and offices of record of both Parties, and to determine whether there is a need to return the facility or area.

4. If a case is reported to the Joint Committee that use of a granted area or facility is impaired due to constraints, such as encroachment, the Facilities and Areas Subcommittee shall report the constraint to the Joint Committee and immediately engage in consultations with a view toward removing the constraint. The Republic of Korea will promptly initiate steps to eliminate the constraint including taking administrative measures acceptable to both sides. The United States armed forces will also take necessary measures to properly manage and prevent encroachment to the extent possible of granted areas and facilities of which the United States has full rights of use, and the Republic of Korea will provide administrative support upon request of the United States armed forces.

〔Article 3〕

Paragraph 1

Consistent with the right of the United States to take "all the measures necessary for their establishment, operation, safeguarding and control" within granted facilities and areas, the United States shall notify and consult with the Government of the Republic of Korea on a timely basis about planned (1) modification or demolition (removal) of indigenous buildings and (2) new construction or alteration as defined by the Joint Committee that may affect the ability of local Korean providers or communities to provide relevant utilities and services, or may affect health and public safety in local communities. The United States shall notify and consult, which may include providing an initial planning document, with the Government of the Republic of Korea in sufficient time to allow a coordinated review of planned construction with local governments. The Joint Committee will develop the format of the "initial planning document." The Government of the Republic of Korea shall consult with the United States armed forces on the results of any local coordination. The United States will give due consideration to the views expressed by the Republic of Korea. This procedure does not preclude the United States armed forces from making direct coordination with a local government for planning purposes.

[Article 9]

Paragraph 5

1. Detailed procedures relating to examination by Republic of Korea customs inspectors of mail delivered through United States military post office channels will be specified in a separate implementing agreement.

2. Republic of Korea customs authorities may be present at

inspections by United States authorities, of household goods or hold baggage shipments upon delivery to individual members of the armed forces or the civilian component or their dependents, at their quarters and in their presence. Such customs authorities of the Republic of Korea may observe any such inspections scheduled to be performed by United States authorities. Unscheduled inspections will be arranged by United States authorities upon adequate advance notice by Republic of Korea customs authorities of serious suspicion that contraband or items in unreasonable quantities may be contained in specific shipments. Customs authorities of the Republic of Korea shall be accorded the opportunity to observe such unscheduled inspections at the quarters, and in the presence, of the individual member, dependent or authorized agent.

3. Republic of Korea customs authorities shall not make customs examination on military cargo consigned to the United States armed forces including their authorized procurement agencies and their non-appropriated fund organizations provided for in Article XIII. As for the cargo consigned to non-appropriated fund organizations, the United States authorities will furnish on a routine basis to the Republic of Korea authorities pertinent information including cargo manifests and shipping documents. Other pertinent information will be provided on request through the Joint Committee or its Ad Hoc Subcommittee on Illegal Transactions in Duty-Free Goods.

Paragraph 6

Authorities of the United States will confer with authorities of the Republic of Korea on implementation procedures that are satisfactory to the Government of the Republic of Korea and that comply with all applicable Republic of Korea government customs regulations. Authorities of the United States may at any time impose more but not less stringent restrictions on their military personnel, members of the civilian component, invited contractor employees, and dependents of the foregoing, than are required by the Republic of Korea.

Agreed Minute, Paragraph 4

Appropriate Republic of Korea officials may be present as observers during inspections by United States officials of members of the United States armed forces under orders entering the Republic of Korea.

[Article 13]

The United States authorities will make reasonable and practical efforts to control access of unqualified persons to the United States armed forces Non-Appropriated Fund (NAF) organizations. The United States authorities will review biannually all Korean civilian memberships in United States armed forces NAF organizations and their reporting procedures to ensure compliance with applicable SOFA provisions.

[Article 15]

Paragraph 1

1. If the United States armed forces determine that there would be
   a significant advantage for Republic of Korea-United States
   mutual defense to utilize one or more third-country corporations
   as United States armed forces invited contractors, the authorities
   of the Government of the Republic of Korea shall give
   sympathetic consideration to a United States request to extend
   the benefits of this Agreement to such non-United States
   corporations.

2. The United States armed forces may bring into the Republic of
   Korea, without privileges, third-country contractor employees
   possessing special skills not available from the Korean labor
   force.

[Article 16]

1. United States armed forces contracting activities shall respect
   Republic of Korea Government administrative requirements for
   registration of local contractor firms.   No special requirements
   will be imposed solely upon contractors doing business with the
   United States armed forces.   Contractors awarded contracts with
   United States armed forces will not be required to join any
   military supply associations or similar organizations.

2. "Administrative requirements for registration of local contractor firms" refers to Korean government legal criteria and procedures for registration and licensing of local firms.

【Article 17】

Paragraph 3 and Agreed Minute 2 and 4

1. The term "the United States armed forces," used in paragraph 3, shall be understood as to include the persons referred to in the first paragraph of Article XV.

2. The term "conform," used in Paragraph 3, means that conditions of employment, compensation, and labor-management relations shall, unless otherwise agreed upon in this Article, or by the Joint Committee in accordance with the procedures stipulated in Agreed Minute 4, be in substantial agreement with those conditions laid down by the labor laws of the Republic of Korea. When there is an issue as to whether conditions of employment, compensation, and labor-management relations are in substantial agreement, either government may refer such matters to the Joint Committee in accordance with the procedures stipulated in Agreed Minute 4.

3. It is understood that the term "military requirements," used in paragraph 3 and Agreed Minutes 2 and 4, refers to such cases, wherein solutions are urgently needed for the United States armed forces to accomplish its military mission. The term covers

such circumstances as war, a state of emergency equivalent to war, and situations that affect the ability of the United States armed forces to maintain a state of readiness to address such circumstances, such as mission changes and resource constraints imposed by U.S. law.

4. It is understood that the deviation from labor legislation of the Republic of Korea provided for in Agreed Minute 4 need not be referred to the Joint Committee in cases when such referral would seriously hamper military operations in an emergency.

Paragraph 4(a)

1. The Republic of Korea and United States armed forces will exert utmost efforts to expedite a just and fair resolution of labor disputes arising under this paragraph.

2. The United States armed forces will notify appropriate officials of the Republic of Korea Ministry of Labor, prior to adverse action by United States armed forces against an official of the Korean Employees Union.

Paragraph 4(a)(i)

Whereas the process for labor-management dispute resolution and the role of the Office of Labor Affairs referenced in Article XVII, Paragraph 4(a)(i) have changed, the parties concerned will submit disputes for mediation to the Labor Relations Commission (LRC) of the Republic of Korea, which will oversee the mediation of disputes.

The process will be as follows:

1. The LRC will create a committee to mediate each dispute.

2. A committee will consist of three members.

3. The parties to the dispute will select the three members by alternately deleting names from a standing list of public service mediators maintained by the National LRC.

4. Mediation will be completed within 15 days after the LRC has received the request for mediation.

5. The parties concerned may agree to extend a period of LRC review an additional 15 days.

6. Details of the mediation process will be as agreed upon by the Joint Committee.

7. The intervention of the LRC mediation committee is advisory and non-binding on the parties to the dispute.

8. If the mediation committee does not reach agreement, the matter will be referred to the Joint Committee.

Paragraph 4(a)(ii)

1. To facilitate its conciliation efforts, the special committee shall, in conducting investigation into the dispute in question, have access to all relevant information and all persons having knowledge of the dispute, including management representatives.

2. (a) It is understood that disputes referred to a special committee under this paragraph primarily involve collective action issues. However, the Republic of Korea Ministry of Labor may refer certain individual cases to this committee, through the Joint Committee or its Labor Subcommittee, if notice of its petition for further review is received within sixty (60) days of receipt by the employee of management' s final decision in the case and if it finds, after reviewing the United States armed forces files related to the case, that:

(i) Management has rendered a final decision after exhaustion of the normal appeal process; and

(ii) The employee concerned concurs in the petition and agrees in writing to accept the decision of the special committee as final; and

(iii) There is reason to believe that there has been a gross miscarriage of justice or that administrative due process has not been followed.

The United States armed forces will respond to the referral request by the Ministry of Labor in a timely fashion.

(b) In such proceedings, the employee may be represented by counsel or a personal representative of his or her choice. Because of the binding effect of the committee' s decisions in individual cases referred to it, the committee must arrive at a final decision and such cases will not be elevated to the Joint Committee for further resolution as provided for by paragraph

4(a)(iii). The special committee's review of individual cases will be limited to the administrative record of the case and any written briefs or oral arguments submitted by the employee or by management. The special committee shall have full power to order appropriate relief, up to and including reinstatement and back pay.

(c) The special committee will be composed of not more than six members, with equal representation from the Republic of Korea Government and the United States armed forces. All members must be able to render a fair and impartial decision; accordingly, they must not have previously participated in the case under review. All cases will be resolved by a majority decision.

Paragraph 4(a)(v)

In regard to Article XVII (4)(a)(v) and in light of changed labor practices, it is understood that neither employee organizations nor employees shall engage in any practices disruptive of normal work requirements for a period of at least 45 days from the date the application for mediation has been received by the Labor Relations Commission, at the end of which time, and consistent with the SOFA, the matter will be referred to the Joint Committee.

[Article 22]

Agreed Minute Re Paragraph 1(a)

1. The Government of the Republic of Korea agrees that, upon notification under the second sentence of the Agreed Minute Re Paragraph l(a), the military authorities of the United States may exercise jurisdiction over such persons in accordance with the terms of the Criminal Jurisdiction Article.

2. In order to avoid instances when, because of the existence of martial law in the Republic of Korea, neither nation may exercise jurisdiction over United States civilians and dependents for offenses normally punishable by Korean civilian courts, and at the same time to guarantee to such persons the right to a fair trial, the United States armed forces will sympathetically consider requests by the Republic of Korea to exercise jurisdiction over United States civilians and dependents for such offenses if the Republic of Korea ensures that such persons will be tried in regularly constituted civilian courts with normal SOFA safeguards.

Paragraph 1(b)

The civil authorities of the Republic of Korea will retain full control over the arrest, investigation and trial of a member of the United States armed forces or civilian component or a dependent.

Agreed Minute Re Paragraph 2

It is understood that the United States authorities shall exercise utmost restraint in requesting waivers of exclusive jurisdiction.

Agreed Minute Re Paragraph 3(a)

1. A substantial departure from the acts a person is required to perform in a particular duty will usually indicate an act outside of the person's "official duty."

2. A duty certificate shall be issued only upon the advice of a Staff Judge Advocate, and the competent authority issuing the duty certificate shall be a general grade officer.

3. (a) The certificate will be conclusive unless modification is agreed upon. However, the Republic of Korea authorities may discuss, question or object to any United States armed forces official duty certificate. The United States authorities shall give due consideration to any opinion which may be raised by the Republic of Korea authorities in this regard.

   (b) With respect to the right of lower level authorities of the Republic of Korea to discuss, question, or object to any United States armed forces official duty certificate, the appropriate branch, district, or similar level prosecutor may discuss any questionable official duty certificate with the Staff Judge Advocate or appropriate legal officer within ten (10) days of receipt. If satisfactory resolution is not reached within ten (10) days of the prosecutor's receipt of such certificate, appropriate officials of the Ministry of Justice may then discuss any remaining disagreement with the Judge Advocate, United States Forces, Korea, or a designee of the Judge Advocate. If an agreement cannot be reached within twenty (20) days after the official duty certificate was originally filed with the local prosecutor, the remaining disagreement may be referred to the Joint Committee or its Criminal Jurisdiction Subcommittee. If the Joint Committee or its Criminal Jurisdiction Subcommittee cannot resolve any remaining disagreement within such time as it deems reasonable, the matter may be referred for resolution through diplomatic channels. To ensure that the accused is not deprived of the right to a prompt and speedy trial as a result of protracted reconsideration of the duty certificate, if mutual agreement is not reached within thirty (30) days after an official duty certificate is first filed, the military authorities of the United States may proceed to trial by court-martial, impose nonjudicial punishment, or make other appropriate disposition of the charges despite any continuing discussions.

Paragraph 3(b) of the Agreed Minute Re Paragraph 3(b)

The recitation therein of the right of representatives of the Republic of Korea to attend trials of members of the armed forces, civilian component, or their dependents when held outside the Republic of Korea shall not be construed to deprive such representatives of the opportunity to attend such trials when held within the Republic of Korea.

Paragraph 3(c)

1. If a State desires to ask the other State for a waiver of its primary right to exercise jurisdiction, it shall present a written request as soon as practicable but not later than twenty-one (21) days after it is notified or otherwise apprised of the commission of an alleged offense.

2. Upon receipt of the written request, the State having the primary jurisdiction shall make a decision on the request and inform the other State of such decision within twenty-eight (28) days.

3. When there are special reasons, the State having the primary jurisdiction may, identifying the case and prior to the expiration of the original twenty-eight (28) day period, request an extension for a specific period of days normally not exceeding an additional fourteen (14) days.

4. When the State having the primary jurisdiction makes a decision not to exercise jurisdiction or when it does not inform the other State of its decision within the prescribed period, with any extension, the requesting State may exercise its concurrent jurisdiction.

Paragraph 5(c)

1. The authorities of the Republic of Korea can question members of the United States armed forces or civilian component or dependents in the presence of a duly appointed United States representative and make preliminary investigation into the case

after their arrest and before transferring them to the military authorities of the United States. The right to legal representation exists from the moment of arrest or detention and includes the right to have counsel present, and to consult confidentially with such counsel at all preliminary investigations, examinations, pretrial hearings, the trial itself, and subsequent proceedings at which the accused is present. The United States representative is to be an impartial observer and neither the United States representative nor the counsel shall interfere with any questioning.

2. Requests for the transfer of "pretrial custody" (which means "custody before final conviction") of a member of the United States armed forces or the civilian component, or of a dependent, with respect to a case over which the Republic of Korea has the primary right to exercise jurisdiction, at the time of indictment or thereafter, may be made in those categories of cases as set out in the Agreed Minute re Article XXII Paragraph 5(c) or thereafter agreed by the Joint Committee, where there is adequate cause and necessity for such custody.

3. In cases where custody has not been transferred to or retained by the Republic of Korea authorities under paragraphs 2, 3, 10 or 11 of the Agreed Minute re Article XXII, Paragraph 5(c), the custody of an accused member of the United States armed forces or the civilian component, or of a dependent, with respect to a case over which the Republic of Korea has the primary right to

exercise jurisdiction, shall, if he is in the hands of the military authorities of the United States, remain with the military authorities of the United States pending the conclusion of all judicial proceedings and until custody is requested by the authorities of the Republic of Korea.

4. The military authorities of the United States will give full account to any request by the Republic of Korea authorities for "pretrial confinement" (which means "confinement before final conviction") by the United States military authorities of an accused with respect to a serious case over which the Republic of Korea has the primary right to exercise jurisdiction.

5. The authorities of the Republic of Korea will give sympathetic consideration to a request from the military authorities of the United States for assistance in maintaining custody of an accused member of the United States armed forces, the civilian component or a dependent. This does not obligate the authorities of the Republic of Korea to provide any assistance to the military authorities of the United States in maintaining military custody of an accused member of the United States armed forces, the civilian component, or a dependent. Rather, it is to provide a procedure for transfer of custody to the authorities of the Republic of Korea when the military authorities of the United States believe they will be unable to make any such accused available to the authorities of the Republic of Korea upon their request for purposes of investigation and trial.

6. The Republic of Korea authorities shall not question an accused who is in the custody of the Republic of Korea, after indictment, about the facts, circumstances or events that form the basis for the offenses for which the accused has been indicted or could have been charged based on the same set of events for which the accused was indicted. The Republic of Korea authorities may question such an accused about totally unrelated facts, circumstances or events that form or may form the basis for unrelated offenses. In such an event the Republic of Korea authorities shall notify the Judge Advocate, United States Forces Korea. A previous request for counsel shall be deemed to apply to any questioning.

7. In cases where custody has been retained by the Republic of Korea authorities under paragraph 2 of the Agreed Minute re Article XXII, Paragraph 5(c), the Republic of Korea authorities shall forgo all questioning of an accused who wants to have counsel present beyond that required to ascertain the status and identity of an accused until counsel is retained and present for the preliminary investigation along with the United States representative. In such cases, the requirement under Korean law to apply for a detention warrant within 48 hours of arrest shall be suspended until counsel is available.

8. The presence of counsel at any interview or interrogation while an accused is in the custody of the Republic of Korea authorities shall not be waived without a written waiver signed by the

accused after being advised of his rights. The United States representative shall also sign the written waiver, attesting to the fact that the accused signed the written waiver knowingly and voluntarily after being advised of his rights. In such cases, the authorities of the Republic of Korea shall ensure that no statement taken or received in the absence of counsel and no evidence derived from any such statement, shall be admissible in any subsequent proceeding unless the presence of counsel was properly waived in accordance with this paragraph.

9. The privacy and presumption of innocence of the accused will be respected throughout the investigative and judicial proceedings, especially during reenactments. All such proceedings shall be conducted in a manner that does not prejudice the right of the accused to a fair trial. This paragraph shall not be a basis to limit any line of questioning by the investigative authorities of the Republic of Korea.

10. The authorities of the Republic of Korea shall guarantee that any facilities for pretrial confinement or restriction meet or exceed the standards established by the Joint Committee and shall be approved in advance by the Joint Committee. The accused shall be permitted regular communication with, and visitation by, appropriate representatives of the United States and by legal counsel and family members, shall not be commingled with convicted prisoners, and shall not be made to perform penal servitude or labor prior to final conviction. The

Republic of Korea shall give sympathetic consideration to any special requests regarding the frequency and duration of family visitation. Counsel for the accused shall have the right to visit the accused and consult confidentially at any time during normal duty hours and for such duration as counsel and the accused deem necessary.

11. In consonance with the requirements of Article XXII, Paragraph 9(a):

(a) an accused must be indicted or released from Korean confinement within thirty (30) days, or such shorter period as may be established under the law of the Republic of Korea, of the date the accused is first placed in pretrial confinement by the authorities of the Republic of Korea;

(b) the detention of an accused shall not exceed six months before the completion of the initial trial or such shorter period as may be established under the law of the Republic of Korea, or the accused must be released from confinement by the authorities of the Republic of Korea;

(c) the detention of an accused during the initial appeal shall not exceed four months from the date of expiration of the detention by the decision of the trial court or such shorter period as may be established under the law of the Republic of Korea, or the accused must be released from confinement by the authorities of the Republic of Korea; and,

(d) the detention of an accused during the second appeal shall not exceed four months from the date of expiration of the detention by the decision of the initial appellate court or such shorter period as may be established under the law of the Republic of Korea, or the accused must be released from confinement by the authorities of the Republic of Korea.

12. The period of suspension of the trial procedure shall not be included into the period under subparagraphs (b), (c) and (d) of the preceding paragraph, if the suspension is

(a) caused by the request for disqualification of the judge made by the accused,

(b) for the benefit of the accused in preparation of the defense in case of addition, withdrawal or amendment of charges or applicable provisions, or

(c) due to the mental or physical incapacity of the accused.

Paragraph 5(d)

With regard to the custody of the accused in the hands of the authorities of the Republic of Korea in connection with security offenses there must be mutual Republic of Korea and United States agreement as to the circumstances in which such custody is appropriate.

Agreed Minute Re Paragraph 9, Subparagraph (a) of Second Unnumbered Paragraph

Under the appellate procedure of the courts of the Republic of

Korea, the accused may request a re-examination of the evidence, including new evidence and witnesses, as a basis for new findings of fact by the appellate court.

[Article 23]

Paragraphs 5 & 6

1. The Joint Committee shall establish procedures for the exercise of civil jurisdiction by the courts of the Republic of Korea.

2. The claims processing authorities of the United States and the Republic of Korea will mutually endeavor to expedite the adjudication and payment of claims arising from traffic accidents, including when appropriate, the consideration of advance payments to accommodate medical treatment costs.

[Article 26]

1. United States military authorities will present to the Republic of Korea Ministry of Health and Welfare on a quarterly basis, certification that no quarantinable diseases have been detected at any ports of entry authorized pursuant to the Status of Forces Agreement. However, if any such diseases are detected, it is understood that United States armed forces will impose appropriate quarantine measures, and immediately notify appropriate Republic of Korea public health authorities.

2. In order to prevent the entry of animal and plant pests and diseases into Korea, and to assure supplies of food without undue interruption for members of the United States armed forces, civilian component and their dependents, authorities of the two Governments agree to joint inspections to be conducted in accordance with procedures to be established by the Joint Committee.

3. United States military authorities will immediately provide appropriate health authorities of the Republic of Korea with appropriate information concerning at-risk Korean national contacts of United States armed forces personnel detected as suffering from Acquired Immune Deficiency Syndrome (AIDS) or infected with Human Immunodeficiency Virus (HIV). United States military authorities will also continue to provide appropriate Republic of Korea health authorities with quarterly statistical information concerning detection of AIDS or HIV among its personnel. Furthermore, United States military authorities will provide the Republic of Korea Government with epidemiological information periodically and on an ad hoc basis, with direct contacts through the staff of the Preventive Medicine Unit of the 18th Medical Command or appropriate successor unit.

Both the Republic of Korea and the United States agree that as new issues relating to implementation of the SOFA arise in the future, they should continue to be assigned to the Joint Committee or its Subcommittees for resolution.

These Understandings shall enter into force one month after the date of a written notification from the Government of the Republic of Korea to the Government of the United States of America that it has approved these Understandings in accordance with its legal procedures.

IN WITNESS WHEREOF the undersigned, being duly authorized by their respective Governments, have signed these Understandings.

DONE at Seoul this   day of January, 2001, in duplicate, in the Korean and English languages, both texts being equally authentic, and in case of divergence, the English text shall prevail.

FOR THE REPUBLIC OF KOREA:

FOR THE UNITED STATES OF AMERICA:

환경보호에 관한 특별양해각서

한·미 주한미군지위협정 제3조의 합의의사록 제2항에 부합하여,

1953년의 상호방위조약, 대한민국과 합중국 간의 주한미군지위협정(SOFA)에 따라 주한미군에게 공여된 시설 및 구역, 그리고 그러한 시설 및 구역에 인접한 지역사회에서의 오염의 방지를 포함하여 환경보호의 중요성을 인식하면서,

대한민국 정부와 합중국 정부는 그들의 정책에 부합하게 환경관리기준, 정보공유 및 출입, 환경이행실적 및 환경협의에 관하여 아래 양해사항에 합의하였다.

환경관리기준

대한민국 정부와 합중국 정부는 환경관리기준(EGS)의 주기적인 검토 및 갱신에 협조함으로써 환경을 보호하기 위한 노력을 계속한다. 이러한 기준은 관련 합중국의 기준 및 정책과 주한미군을 해함이 없이 대한민국 안에서 일반적으로 집행되고 적용되는 대한민국의 법령 중에서 보다 보호적인 기준을 참조하여 계속 개발되며, 이는 새로운 규칙 및 기준을 수용할 목적으로 환경관리기준을 2년마다 검토함으로써 이루어진다. 합중국 정부는 새로운 규칙 및 기준을 수용할 목적으로 환경관리기준의 주기적 검토를 수행하는 정책을 확인한다. 검토사이에 보다 보호적인 규칙 및 기준이 발효되는 경우, 대한민국 정부와 합중국 정부는 환경관리기준의 갱신을 신속히 논의한다.

정보공유 및 출입

대한민국 정부와 합중국 정부는 주한미군지위협정 제28조에 의하여 설치된 합동위원회의 체제를 통하여 대한민국 국민과 합중국 군인·군속 및 그들의 가족의 건강 및 환경에 영향을 미칠 수 있는 문제에 관한 적절한 정보를 교환하기 위하여 공동으로 작업한다. 시설 및 구역에 대한 적절한 출입은 합동위원회에서 수립되는 절차에 따라 이루어진다. 대한민국 정부와 합중국 정부는 합동위원회의 환경분과위원회를 통하여 1953년 상호방위조약하에 대한민국에서의 방위활동과 관련된 환경문제를 정기적으로 계속 논의한다. 환경분과위원회는 정보교환을 위한 분야, 시설 및 구역에 대한 한국 공무원의 적절한 출입, 그리고 합동실사·모니터링 및 사고후속조치의 평가를 검토하기 위하여 정기적으로 회합한다.

환경이행실적

대한민국 정부와 합중국 정부는 주한미군 시설 및 구역 또는 그러한 시설 및 구역에 인접한 지역사회에서 환경오염에 의하여 제기되는 어떠한 위험에 대하여서도 논의한다. 합중국 정부는 주한미군 활동의 환경적 측면을 조사하고 확인하며 평가하는 주기적 환경이행실적 평가를 수행하는 정책을 확인하며, 이는 환경에의 악영향을 최소화하고, 계획·프로그램을 마련하여 이에 따라 소요되는 예산을 확보하며, 주한미군에 의하여 야기되는 인간건강에 대한 공지의 급박하고 실질적인 위험을 초래하는 오염의 치유를 신속하게 수행하며, 그리고 인간건강을 보호하기 위하여 필요한 추가적 치유조치를 검토하기 위한 것이다. 대한민국 정부는 주한미군의 시설 및 구역 외부의 원인에 의하여 야기되어 인간건강에 대한 공지의 급박하고 실질적인 위험을 초래하는 오

염에 대응하기 위하여 관계법령에 따라 적절한 조치를 취하는 정책을
확인한다.

환경협의

합동위원회의 환경분과위원회와 다른 관련 분과위원회는 주한미군
의 시설 및 구역과 관련된 환경문제와 그와 같은 시설 및 구역에 인접
한 지역사회와 관련되는 환경문제를 논의하기 위하여 정기적으로 회합
한다.

대한민국 정부와 합중국 정부는 합동위원회를 통하여 환경보호에 관
한 위의 양해사항을 실행하기 위한 적절한 절차를 마련한다.

2001년 1월   일, 대한민국 서울에서 서명되었다.

대한민국을 대표하여   아메리카합중국을 대표하여

MEMORANDUM OF SPECIAL UNDERSTANDINGS ON ENVIRONMENTAL PROTECTION

Consistent with Paragraph 2 of the Agreed Minutes to Article III of the ROK-US Status of Forces Agreement,

Recognizing the importance of environmental protection, including the prevention of pollution on facilities and areas granted to the United States Armed Forces in Korea under the Mutual Defense Treaty of 1953 and the Republic of Korea-United States Status of Forces Agreement (SOFA) and in the communities adjacent to such facilities and areas,

The Government of the Republic of Korea and the Government of the United States, consistent with their policies, have reached the following understandings on governing standards, information sharing and access, environmental performance, and environmental consultation.

Governing Standards

The Government of the Republic of Korea and the Government of the United States will continue their efforts to protect the environment through cooperating in a periodic review and update of the Environmental Governing Standards (EGS). These standards will continue to be developed with reference to the more protective standards from relevant United States standards and policy and Republic of Korea laws and regulations as generally enforced and applied within the Republic of Korea, without prejudice to the United States Forces Korea, by undertaking biennial review of the EGS for the purpose of accommodating new rules and standards. The Government of the United States confirms its policy to undertake periodic review of the EGS for the purpose of accommodating new rules and standards. If more protective rules and standards come into effect between reviews, the Government of the Republic of Korea and the Government of the United States will promptly discuss updating the EGS.

/ Information Sharing

Information Sharing and Access

The Government of the Republic of Korea and the Government of the United States shall work together to exchange appropriate information regarding issues that could affect the health and environment of Republic of Korea citizens and United States military personnel, the civilian component, and their family members, through the framework of the Joint Committee established by Article XXVIII of the Status of Forces Agreement. Appropriate access to facilities and areas will be provided in accordance with procedures to be established by the Joint

Committee. Through the Environmental Subcommittee of the Joint Committee, the Government of the Republic of Korea and the Government of the United States will continue to discuss, on a regular basis, environmental issues related to defense activities in the Republic of Korea under the Mutual Defense Treaty of 1953. The Environmental Subcommittee will meet on a regular basis to review areas for information exchange, appropriate access by Korean officials to facilities and areas, and joint surveys, monitoring, and post-incident evaluations.

Environmental Performance

The Government of the Republic of Korea and the Government of the United States will consult on any risks posed by environmental contamination on United States Forces Korea facilities and areas, or in the communities adjacent to such facilities and areas. The Government of the United States confirms its policy to conduct periodic environmental performance assessments that examine, identify, and evaluate the environmental aspects of United States Forces Korea operations in order to minimize adverse environmental effects; to plan, program, and budget for these requirements accordingly; to promptly undertake to remedy contamination caused by United States Armed Forces in Korea that poses a known, imminent and substantial endangerment to human health; and to consider additional remedial measures required to protect human health. The Government of the Republic of Korea confirms its policy to take appropriate measures, in accordance with relevant laws and regulations, to respond to contamination caused by sources outside United States Forces Korea facilities and areas that poses a known, imminent, and substantial endangerment to human health.

/ Environmental Consultation

Environmental Consultation

The Environmental Subcommittee and other relevant subcommittees of the Joint Committee will meet regularly to discuss environmental issues related to United States Forces Korea facilities and areas, as well as environmental issues related to the communities adjacent to such facilities and areas.

Through the Joint Committee, the Government of the Republic of Korea and the Government of the United States will work on appropriate procedures to realize the above understandings on environmental protection.

Signed at Seoul, Republic of Korea, on January , 2001.

FOR THE REPUBLIC OF KOREA:

FOR THE UNITED STATES OF AMERICA:

한국인 고용원의 우선고용 및 가족구성원의 취업에 관한 양해각서

대한민국과 아메리카합중국은 다음에 합의한다.

1. 주한미군은 이 양해각서 발효일 현재 주한미군에 의하여 대한민국 국민으로 충원되는 것으로 지정되어 있는 민간인 직위에 대하여는 대한민국 국민의 독점적인 고용을 보장한다. 이러한 직위는 합중국 군대 가족 및 군속 가족에게 개방될 수 있으나, 이들 가족은 가용한 그리고 자격을 갖춘 대한민국 국민 후보자가 없는 경우에 한하여 공석인 동 직위에 고려될 수 있다. 대한민국 국민으로 충원되도록 지정된 직위는 국가 안보상 이유가 있는 경우에 한하여 다른 사람으로 충원하는 직위로 변경할 수 있다.

2. 대한민국은 합중국 군대 가족 및 군속의 가족이 A-3사증을 소지하고 대한민국에 입국하여 동 사증상의 지위를 유지하면서 체류하는 동안 이들 가족에 대하여 취업허가를 하여 주는 것을 긍정적으로 검토한다. 합중국 군대 가족 및 군속 가족의 취업대상은 대한민국 출입국관리법에 의하여 규정된 자격요건을 갖춘 경우에 한하여 8개 체류자격분야(E1-E8)에 해당될 수 있다. 대한민국과 합중국 간의 주한미군지위협정(SOFA) 제14조제2항에 의하여 면세되지 아니하는 모든 소득에 대하여는 대한민국의 세법과 관련규정을 적용한다.

이 양해각서는 대한민국 정부가 아메리카합중국 정부에 대하여 이 양해각서가 대한민국의 국내법상의 절차에 따라 승인되었다는 서면통고를 한 날부터 1월 후에 그 효력이 발생한다.

2001년 1월   일, 서울에서 한국어와 영어로 각 2부씩 서명되었다.

대한민국을 대표하여   아메리카합중국을 대표하여

[영 어 본]

MEMORANDUM OF UNDERSTANDING
Preferential Hiring of Korean Employees
and Employment of Family Members

The Republic of Korea and the United States of America agree to
the following:

1. United States Forces Korea (USFK) will employ exclusively
   Korean Nationals for those civilian component positions that
   have been designated by USFK for occupancy by Korean
   Nationals as of the date of entry into force of this Memorandum
   of Understanding. Although those positions may be open to
   dependents of the US armed forces and dependents of civilian
   component members, the dependents will be considered for the
   vacancies only when there are no Korean Nationals who are
   available and qualified as candidates. Positions designated for
   occupancy by Korean Nationals may be changed into positions
   for occupancy by others only for reasons of national security.

2. The Republic of Korea will positively consider giving employment permission to dependents of the US armed forces members and dependents of members of the civilian component stationed in the Republic of Korea while they are retaining their A-3 status after they enter Korea with an A-3 visa. Any of the eight employment status categories (E-1 through E-8) may be available to dependents of the members of the US armed forces and dependents of the civilian component as long as they meet employment requirements for a position stipulated by the Korean Immigration Law. Republic of Korea tax laws and regulations shall apply for any income not exempt from taxation under paragraph 2, of Article XIV of the United States-Republic of Korea Status of Forces Agreement (SOFA), as amended.

This Memorandum of Understanding shall enter into force one month after the date of a written notification from the Government of the Republic of Korea to the Government of the United States of America that it has approved this Memorandum of Understanding in accordance with its legal procedures.

DONE at Seoul this   day of January, 2001, in duplicate, in the Korean and English languages.

FOR THE REPUBLIC OF KOREA:
FOR THE UNITED STATES OF AMERICA:

민사재판절차에 관한 합동위 합의사항

제23조, 비형사재판절차. 합동위원회 합의사항 제1호. 주한미군지위
협정 제23조에 준하여,

1. **(가)** 대한민국 관할법원은 합중국 군 당국이 설치하거나 지명하는 연
   락기관으로 하여금 합중국 군대의 구성원, 군속, 그 가족 또는 초청
   계약자에 대하여 비형사재판절차에서 발생하는 서류의 송달을 보장
   하도록 요구할 수 있다.
   (나) 연락기관은 대한민국 관할법원이 발송한 송달의뢰 청구서를 수
   령하면 지체없이 그 수령을 인정해야 한다. 송달은 피고 소속부대장
   이나 또는 연락기관의 대표에 의하여 수취인에게 전달된 때에 그 효
   력이 발생한다. 송달이 효력을 발생하였다는 뜻의 서면통지는 지체
   없이 대한민국 관할법원에 행하여져야 한다.
   (다) ① 연락기관이 접수를 인정한 일자로부터 21일이 경과할 때까지
   대한민국 관할법원이 본항 (1호)에 따라 그 송달이 효력을 발생하였
   다는 뜻의 서면통지나 송달이 불가능하였음을 명시하는 서신을 받
   지 못한 때에는 관할법원은 연락기관이 서류의 재접수를 인정한 날
   자로부터 7일이 경과하면 송달의 효력이 발생한 것으로 간주할 것
   이라는 통지를 첨부하여 송달의뢰 청구서 사본을 재발송해야 한다.
   7일이 경과하면 송달은 그 효력을 발생한 것으로 간주된다.
   ② 연락기관이 대한민국 관할법원에 대하여 21일이나 경우에 따라
   서는 7일의 기간이 경과하기 전에 송달이 불가능함을 통지한 때에
   는 송달은 그 효력이 발생하지 아니한다. 연락기관은 대한민국 관할

법원에 대하여 송달이 불가능한 이유를 서면으로 통지해야 한다.

③ 송달받을 자가 한국을 영구히 떠난 경우, 연락기관은 지체없이 대한민국 법원에 그 사실을 통지하여야 하고, 그 권한 범위내에서 대한민국 법원에 모든 원조를 제공하여야 한다.

④ (2호)에 명기한 경우에 있어서, 연락기관은 대한민국의 관할법원에 대하여 그 이유를 부기하여 기간을 연장해 줄 것을 요구할 수 있다. 대한민국의 관할법원이 위와 같은 연장에 관한 요청을 수락한 경우, 본항 (1호) 및 (2호)의 규정은 연장된 기일에 있어서도 이를 준용한다.

2. **(가)** 대한민국 관할법원에서 비형사재판절차를 개시하는 소장, 기타 서류가 연락기관을 통하는 것 이외의 방법에 의하여 송달된 때에는, 대한민국 관할법원은 송달을 실시하기 전 또는 송달을 실시한 후 지체없이 서면으로 그 뜻을 통지하여야 한다. 이러한 서면통지는 비형사재판절차를 개시하는 소장 또는 기타 서류의 사본을 포함하여 이루어져야 한다

(나) 합중국 군대의 구성원, 군속, 그 가족 또는 초청계약자에 대한 공시송달은, 미국이 지정하는 일간신문에 영어로 해당 문서의 요지를 게재하는 방법에 의하여 효력을 발생한다. 미국 측에서 연락기관에 게시하는 방법에 의하기로 결정한 경우에는 위와 같이 게시함으로써 공시송달의 효력이 발생한다.

(다) 대한민국의 송달실시기관이 합중국 군대가 사용중인 시설 또는 구역에 있는 군대 구성원, 군속, 그 가족 또는 초청계약자에 대하여 일체의 문서를 송달하도록 되어 있는 경우, 합중국 군 당국은 대한민국의 송달실시기관이 이러한 송달을 실시하는 데 있어서 필요한 모든 조치를 취하여야 한다.

3. (개) 합중국 군대의 구성원, 군속, 그 가족 또는 초청계약자가 대한민국 법정에 출석하도록 소환될 때에는, 미군 당국은 군사상의 긴급사태로 인하여 불가능한 경우를 제외하고, 그의 출석을 보장하기 위하여 그들 권한 내의 모든 조치를 취하여야 한다. 다만, 이것은 대한민국 법률에 따라 그 출석이 강제되고 있는 경우에 한한다.

합중국 군 당국이 대한민국 법원에 위와 같은 출석을 보장하기 위하여 필요한 지원을 할 수 없는 경우, 위와 같은 규정은 그 가족에 대하여는 적용하지 아니한다.

소환장이 연락기관을 통하지 아니하고 송달될 경우, 대한민국 법원은 연락 기관에 증인신문 등의 기일, 장소 및 송달받을 자의 성명, 주소가 기재된 소환장을 즉시 통지하여야 한다.

(내) 대한민국 법원이 합중국 군 당국에 대하여 증거로 사용될 문서 또는 물건의 제출을 요청하거나 비형사 재판절차를 위하여 공적인 정보를 제공할 것을 요청한 경우 합중국 군 당국은 이러한 요청에 응하여야 한다. 다만, 이것이 합중국 법률에 반하는 경우에는 그러하지 아니하다. 이러한 요청은 연락기관을 통하여 행하여져야 한다.

(대) 대한민국 법원이 비형사 재판절차와 관련한 증거를 수집하기 위하여 합중국 군 당국에 합중국 군대가 사용 중인 시설 또는 구역에 출입할 것과 이러한 증거의 수집에 필요한 모든 원조를 제공할 것을 요청하는 경우, 합중국 군 당국은 이러한 요청에 응하여야 한다. 다만, 이것이 합중국 법률에 반하는 경우에는 그러하지 아니하다. 이러한 요청은 연락 기관을 통하여 행하여져야 한다.

4. (개) 합중국 군 당국은 대한민국 관할법원이 행한 비형사재판에서 선고된 판결, 결정, 명령 및 화해조서 등의 이행을 보장하기 위하여 그들 권한 내의 모든 원조를 제공하여야 한다.

(나) 합중국 군대의 구성원, 군속, 그 가족 또는 초청계약자가 비형사 절차에 있어서 사법부 또는 행정부의 결정 또는 명령을 그의 귀책사유로 인하여 이행하지 못한 경우, 대한민국의 관할법원은 법정모욕으로 처벌하거나 위와 같은 결정 또는 명령을 이행하는 것을 확보하기 위한 범위내에서 그의 자유를 박탈할 수 있다. 공무수행으로 인한 작위 또는 부작위로 인한 손해배상청구권과 관련하여서는 위와 같이 자유가 박탈되지 아니한다.

위와 같은 작위 또는 부작위가 공무수행 중에 이루어졌다는 내용의 합중국 군 당국의 인증서는 대한민국 법원을 구속한다. 기타의 경우에 있어서, 대한민국 관할기관은 급박한 이해 관계로 인하여 그러한 자유의 박탈이 부당하다는 취지의 합중국 군 당국의 이의를 충분히 고려하여야 한다.

(다) 합중국 군 당국이 관련당사자에 대한 인원재배치가 필요한 경우에는, 그러한 재배치가 이루어진 후에 본 항 (나)에 따른 자유의 박탈이 가능하다. 합중국 군 당국은 지체없이 이러한 목적을 위하여 필요한 모든 필요하고도 합리적인 조치를 취하여야 하고, 그 결정 또는 명령을 집행할 권한이 있는 대한민국의 관할기관에 대하여 그 권한 범위내에서 모든 원조를 제공하여야 한다.

(라) 합중국 정부가 합중국 군대의 구성원, 군속 또는 고용인에게 지급할 금원은 압류 기타 대한민국 관할법원에 의하여 명하여진 강제집행의 대상이 될 수 있다. 다만, 합중국의 영토에서 적용할 수 있는 법률에 의하여 허락된 범위에 한한다. 본 항 (가)에 규정된 원조는, 이미 지급된 금원에 대하여 강제집행이 가능한 경우, 그와 관련한 정보를 제공하는 것을 포함한다.

(마) 대한민국 관할법원이 비형사재판에서 선고한 판결, 결정, 명령 및 화해조서 등이 합중국 군대의 시설내에서 집행되어야 할 경우,

이러한 집행은 합중국 군 당국 대표의 입회하에 한국 집행관이 이를 행한다.

[영 어 본]

Add Agreed View re Article ⅩⅩⅢ, Non-criminal Jurisdiction

1. (a) The Republic of Korea court in authority may request a liaison agency established or designated by the military authorities of the United States to ensure service of documents arising in non-criminal proceedings upon members of the United States armed forces, the civilian component, or upon dependents or invited contractors.

(b) Receipt of a request forwarded by a Republic of Korea court for service shall be acknowledged by the liaison agency without delay. Service shall be effective when the document to be served is delivered to the addressee by his unit commander or by a representative of the liaison agency. Notification in writing that service has been effected shall be given without delay to the Republic of Korea court in authority.

(c) (i) If, upon the expiry of a period of twenty-one days from the date of acknowledgement of receipt by the liaison agency, the Republic of Korea court in authority has received neither notification in writing that service has been effected in accordance with sub-paragraph (b) of this paragraph nor any communication stating that it has not been possible to effect service, the court in authority shall forward to the liaison agency another copy of the request for service with notice that seven days after receipt by the liaison agency service shall be deemed to have been effected. At the expiry of this seven-day period, service shall be deemed to have been effected.

(ii) Service shall not, however, be deemed to have been effected if the liaison agency notifies the Republic of Korea court in authority prior to the expiry of the period of twenty-one days or seven days, as the case may be, that it has not been able to effect service. The liaison agency shall inform the Republic of Korea court in authority in writing of the reasons for its inablility to do so.

(iii) If the person to be served has permanently left the Republic of Korea, the liaison agency shall notify the Republic of Korea court immediately of this fact, and shall render the Republic of Korea court all assistance in its power.

(iv) In the case specified in item (ii) of this sub-paragraph, the liaison agency may also request the Republic of Korea court in authority to extend the period stating in such request the reasons therefor. If this request for extension is accepted by the Republic of Korea court in authority, items (i) and (ii) shall be applicable mutatis mutandis to the period so extended.

2. (a) When a plaint or other document initiating non-criminal proceedings before a Republic of Korea court in authority is served other than through the liaison agency, the Republic of Korea court in authority shall so notify the liaison agency in writing prior to or immediately upon service of process. The written notification shall include a copy of the plaint or other document initiating non-criminal proceedings.

(b) Service of documents upon members of the United States armed forces, the civilian component, or upon dependents or invited contractors by publication may, in addition, be effected by the publication of an extract from the document to be served in a journal to be named by, and in the language of, the United States; or if the United States so decides, by posting in the liaison agency office.

(c) Where service of any document is to be effected by a Republic of Korea process server upon a member of the United States armed forces, the civilian component, or a dependent or an invited contractor who is within facilities and areas of the United States armed forces, the military authorities of the United States shall take all measures necessary to enable the Republic of Korea process server to effect such service.

3. (a) Where a member of the United States armed forces or the civilian component or a dependent or an invited contractor is summoned to appear before the Republic of Korea court, the

military authorities of the United States, unless military exigency requires otherwise, shall take all measures within their authority to secure his attendance, provided that such attendance is compulsory under Korean law.

This does not apply in the case of dependents if the military authorities cannot give effective support to the Republic of Korea court to secure attendance.

If the summons is not served through the liaison agency, the latter shall be informed immediately of the summons by the Republic of Korea court, which shall give the name of the addressee and his address, as well as the time and place of the hearing or taking of evidence.

(b) Where the Republic of Korea court requests the military authorities of the United States to submit documents or articles for evidence, or provide official information for non-criminal proceedings, the military authorities of the United States shall comply with the request, unless it is contrary to United States law. Such request shall be made through the liaison agency.

(c) Where the Republic of Korea court requests the military authorities of the United States to allow access to facilities and areas of the United States armed forces for the purpose of procuring evidence in non-criminal proceedings, and the rendering of all assistance possible to procure such evidence, the military authorities of the United States shall comply with the request, unless it is contrary to United States law. Such request shall be made through the liaison agency.

4. (a) The military authorities shall render all assistance in their power to secure compliance with judgments, decisions, orders and settlements in non-criminal proceedings of Republic of Korea courts in authority.   .

(b) A member of the United States armed forces, the civilian component, a dependent or an invited contractor may be deprived of his personal liberty by the Republic of Korea court in authority in non-criminal proceedings only to punish contempt of court or to secure compliance with a judicial or administrative decision or order that he culpably has failed or fails to obey. Deprivation of liberty shall not be authorized with respect to an act or omission done in the performance of official duty. A certificate by the military authorities of the United States stating that the act or omission concerned was done in the performance of official duty shall be binding on the Republic of Korea court. In other cases the Republic of Korea authorities shall give due consideration to representations of the military authorities of the United States that compelling interests contravene such deprivation of liberty.

(c) A deprivation of liberty pursuant to sub-paragraph (b) of this paragraph may take place only after the military authorities of the United States have arranged, if they find it necessary, for the replacement of the individual concerned. The military authorities of the United States shall take all necessary and reasonably acceptable measures to this end without delay, and render all assistance within their power to the Republic of Korea authorities responsible for enforcing an order or decision in accordance with this paragraph.

(d) A payment due to a member of the United States armed forces, the civilian component or an employee of the U.S. Government shall be subject to attachment, garnishment or other form of execution ordered by a Republic of Korea court in authority only to the extent permitted by United Sates law. Assistance under paragraph (a) of this Article shall also include providing information on possible execution against pay already disbursed.

(e) Where the enforcement of a judgment, decision, order and settlement in non-criminal proceedings of the Republic of Korea court in authority is to take place within a installation of a force, such enforcement shall be effected by a Korean enforcement officer in the presence of a representative of the military authorities of the United States.

지금까지 2001년 개정된 '한미주둔군지위협정'을 살펴보았다. 그렇다면, 최근 여중생 미군 장갑차 압사 사건으로 촉발된 '촛불 시위' 참가자들이 개정을 요구하는 '한미주둔군지위협정'의 문제점을 정리해 보자.

우리나라의 경우 다른 나라들보다 10년 정도 늦은 1966년도에 S.O.F.A.가 체결됐고, 1991년과 2001년에 2차례에 걸쳐 개정되었다. 하지만 미군 장갑차 사건으로 인해서 다시 개정 요구가 부각되는 관건은 바로 '형사재판권 관할'이다.

2001년 개정 협정에 따르면 미군 범죄자 인도 시점을 '판결 확정 후'에서 '기소시'로 바꾸었는데, 이 경우 음주운전이나 사고 후 뺑소니를 쳤거나 사람이 거의 죽은 경우 등 심각한 상황에만 한정하여 신병 인도가 가능하게 부속문서에서 규정하는 탓에 '판결 확정 후'나 크게 다를 바 없다는 것이 요지이다.

게다가 미군 피고인이 한국 법정에 섰을 경우에도 미국의 (변호사가 아닌) 정부 대표가 동석했을 경우에만 증거 채택이 가능하도록 되어 있다. 바로 이런 점들이 다른 나라들과 비교되는 한미주둔군지위협정의 불합리한 조항이라고 보는 것이다.

이러한 한미 S.O.F.A. 협정에 대해 그동안 각 시민단체를 위시하여 개정 요구를 했던 것이 금번 심미선, 신효순 여중생 사건으로 인해 S.O.F.A. 개정 문제가 표면적으로 부각된 것이다.

하지만, 한국 정부에서도 그동안 불합리했던 한미 S.O.F.A.에 대해 수수방관만 했던 것은 아니다.

김대중 대통령은 2000년 7월18일 〈LA타임즈〉와 인터뷰에서 "주한 미군의 지위를 규정한 협정은 차별적"이라면서 "주일 미군의 지위 수준으로 개정해야 할 것"이라고 밝힌 사실이 있다. 또한, "일본 S.O.F.A.와 동등한 수준이 되지 않는다면 대일감정이나 과거 역사로 볼 때 한국 국민들이 수용하기 힘들 것"이라고 지적했던 것이다.

1966년에 처음 체결된 한미주둔군지위협정은 이후 1991년, 그리고 2001년 10년의 기간을 두어 두 차례의 개정이 가능했다. 일부에서는 두 번 개정하는 동안 아직도 한국에게 불평등(각자 주관적 판단에 따른)한 조항이 남아 있는 이유를 이해하지 못할 수도 있다.

가령, 국제법과 외교 관례라는 방법론적인 문제처럼 일반 국민이 잘 모르는 요인도 있을 것이지만 모두가 꾸준한 관심을 갖고 노력해 나간다면 세계 무대에서 정당하고 평등한 한국의 위치를 세울 수 있는 날도 그렇게 멀지 않았을 것이라는데 희망이 있다.

부록

미국 헌법

자료 : 한국미국사학회(www.americanhistory.co.kr)

전 문

우리들 합중국 인민은 보다 완벽한 연합을 형성하고, 정의를 확립하고, 국내의 평안을 보장하고, 공동방위를 도모하고, 국민복지를 증진하고 그리고 우리들과 우리의 후손들에게 자유의 축복을 확보하기 위하여 이 아메리카합중국 헌법을 제정한다.

제 1 조 (입법부)

제 1 절

이 헌법에 의하여 부여되는 모든 입법권한은 합중국 연방의회에 속하며, 연방의회는 상원과 하원으로 구성한다.

제 2 절 (하원)

【1항】하원은 각 주의 주민이 2년마다 선출하는 의원으로 구성하며, 각 주의 선거인은 주 의회의 의원수가 가장 많은 1원의 선거인에게 요구되는 자격요건을 구비하여야 한다.

【2항】누구든지 연령이 25세에 미달한 자, 합중국 시민으로서의 기간이 7년이 되지 아니한 자, 그리고 선거 당시에 선출되는 주의 주민이 아닌 자는 하원의원이 될 수 없다.

【3항】〔하원의원수와 직접세는 연방에 가입하는 각 주의 인구수에 비례하여 각 주에 배정한다. 각 주의 인구수는 연기복무자를 포함시키고, 과세되지 아니하는 인디언을 제외한 자유인의 총수에 그밖의 총인원수의 5분의 3을 가산하여 결정한다.〕 인구수의 산정은 제1회 연방의회를 개회한 후 3년 이내에 행하며, 그 후는 10년마다 법률이 정하는 바에 따라 행한다. 하원의원수는 인구 3만명 당 1인의 비율을 초과하지

못한다. 다만, 각 주는 적어도 1명의 하원의원을 가져야 한다. 위의 인구수의 산정이 있을 때까지 뉴햄프셔 주는 3명, 매사추세츠 주는 8명, 로드아일랜드 주와 프로비던스 식민지는 1명, 코네티컷 주는 5명, 뉴욕 주는 6명, 뉴저지 주는 4명, 펜실베이니아 주는 8명, 델라웨어 주는 1명, 메릴랜드 주는 6명, 버지니아 주는 10명, 노스캐롤라이나 주는 5명, 사우스캐롤라이나 주는 5명, 그리고 조지아 주는 3명의 의원을 각각 선출할 수 있다.

【4항】 어느 주에서, 그 주에서 선출된 하원의원에 결원이 생겼을 경우에는 그 주의 행정부가 그 결원을 채우기 위한 보궐선거의 명령을 내려야 한다.

【5항】 하원은 그 의장과 그밖의 임원을 선임하며, 탄핵권한을 전유한다.

제 3 절 (상 원)

【1항】 상원은 〔각 주 의회에서 선출한〕 6년 임기의 상원의원 2명씩으로 구성되며, 각 상원의원은 1표의 투표권을 가진다.

【2항】 상원의원들이 제1회 선거의 결과로 당선되어 회합하면, 즉시로 의원총수를 가능한 한 동수의 3개 부류로 나눈다. 제1부류의 의원은 2년 만기로 제2부류의 의원은 4년 만기로, 그리고 제3부류의 의원은 6년 만기로, 그 의석을 비워야 한다. 이렇게 하여 상원의원 총수의 3분의 1이 2년마다 개선될 수 있게 한다. 〔그리고 어느 주에 있어서나 주 의회의 휴회 중에, 사직 또는 그밖의 원인으로 상원의원의 결원이 생길 때에는, 그 주의 행정부는 다음 회기의 주의회가 결원의 보충을 할 때까지 잠정적으로 상원의원을 임명할 수 있다.〕

【3항】 연령이 30세에 미달하거나, 합중국 시민으로서의 기간이 9년이 되지 아니하거나, 또는 선거 당시, 선출되는 주의 주민이 아닌 자는 상원의원이 될 수 없다.

【4항】 합중국의 부통령은 상원의장이 된다. 다만, 의결시에 가부 동수일 경우를 제외하고는 투표권이 없다.

【5항】 상원은 의장 이외의 임원들을 선임하며, 부통령이 결원일 경우이거나, 부통령이 대통령의 직무를 집행하는 때에는 임시의장을 선임한다.

【6항】 상원은 모든 탄핵심판의 권한을 전유한다. 이 목적을 위하여 상원이 개회될 때, 의원들은 선서 또는 확약을 하여야 한다. 합중국 대통령에 대한 심판을 하는 경우에는 연방대법원장을 의장으로 한다. 누구라도 출석의원 3분의 2 이상의 찬성 없이는 유죄판결을 받지 아니한다.

【7항】 탄핵심판에서의 판결은 면직, 그리고 합중국 아래에서의 명예직, 위임직 또

는 유급 공직에 취업·재직하는 자격을 박탈하는 것 이상이 될 수 없다. 다만, 이같이 유죄 판결을 받은 자일지라도 법률의 규정에 따른 기소, 재판, 판결 및 처벌을 면할 수 없다.

제 4 절 (연방의회의 조직)

【1항】 상원의원과 하원의원을 선거할 시기, 장소 및 방법은 각 주에서 그 주 의회가 정한다. 그러나 연방의회는 언제든지 법률에 의하여, 그러한 규정을 제정 또는 개정할 수 있다. 다만, 상원의원의 선거 장소에 관하여는 예외로 한다.

【2항】 연방의회는 매년 적어도 1회 집회하여야 한다. 그 집회의 시기는 법률에 의하여 다른 날짜를 지정하지 아니하는 한 12월의 첫째 월요일로 한다.

제 5 절

【1항】 각 원은 그 소속의원의 당선, 득표수 및 자격을 판정한다. 각 원은 소속의원의 과반수가 출석함으로써 의사를 진행시킬 수 있는 정족수를 구성한다. 정족수에 미달하는 경우에는 출석의원이 연일 휴회할 수 있으며, 각 원에서 정하는 방법과 벌칙에 따라 결석의원의 출석을 강요할 수 있다.

【2항】 각 원은 의사규칙을 결정하며, 원내의 질서를 문란케 한 의원을 징계하며, 의원 3분의 2 이상의 찬성을 얻어 의원을 제명할 수 있다.

【3항】 각 원은 의사록을 작성하여, 각 원에서 비밀에 붙여져야 한다고 판단하는 부분을 제외하고, 이것을 수시로 공표하여야 한다. 각 원은, 출석의원수의 5분의 1 이상이 요구할 경우에, 어떠한 문제에 대해서도 소속의원의 찬반투표수를 의사록에 기재하여야 한다.

【4항】 연방의회의 회기 중에는 어느 의원이라도 다른 의원의 동의 없이 3일 이상 휴회하거나, 회의장을 양원이 개회한 장소 이외의 장소로 옮길 수 없다.

제 6 절

【1항】 상원의원과 하원의원은, 그 직무에 대하여 법률이 정하고 합중국 국고로부터 지급되는 보수를 받는다. 양원의 의원은 반역죄, 중죄 및 치안 방해죄를 제외하고는 어떠한 경우에도 그 의원의 회의에 출석중에 그리고 의사당까지의 왕복 도중에 체포되지 아니하는 특권이 있다. 양원의 의원은 원내에서 행한 발언이나 토론에 관하여 원외에서 문책받지 아니한다.

【2항】 상원의원 또는 하원의원은 재임 기간중에 신설되거나 봉급이 인상된 어떠한 합중국 공직에도 임명될 수 없다. 합중국의 어떠한 공직에 있는 자라도 재직중에 양원중의 어느 의원의 의원이 될 수 없다.

제 7 절

【1항】 세입 징수에 관한 모든 법률안은 먼저 하원에서 제안되어야 한다. 다만, 상원은 이에 대해 다른 법안에서와 마찬가지로 수정안을 발의하거나 수정을 가하여 동의할 수 있다.

【2항】 상원과 하원을 모두 통과한 모든 법률안은 법률로 확정되기에 앞서 대통령에게 이송되어야 한다. 대통령이 이를 승인하는 경우에는 이에 서명하며, 승인하지 아니하는 경우에는 이의서를 첨부하여 이 법률안을 발의한 의원으로 환부하여야 한다. 법률안을 환부받은 의원은 이의의 대략을 의사록에 기록한 후 이 법률안을 다시 심의하여야 한다. 다시 심의한 결과, 그 의원의 의원 3분의 2 이상의 찬성으로 가결할 경우에는, 이 의원은 이 법률안을 대통령의 이의서와 함께 다른 의원으로 이송하여야 한다. 다른 의원에서 이 법률안을 재심의하여 의원의 3분의 2 이상의 찬성으로 가결할 경우에는 이 법률안은 법률로 확정된다. 이 모든 경우에 있어서 양원은 호명·구두·표결로 결정하며, 그 법률안에 대한 찬성자와 반대자의 성명을 각 원의 의사록에 기재하여야 한다. 법률안이 대통령에게 이송된 후 10일 이내(일요일 제외)에 의회로 환부되지 아니할 때에는 그 법률안은 대통령이 이에 서명한 경우와 마찬가지의 법률로 확정된다. 다만, 연방의회가 휴회하여 이 법률안을 환부할 수 없는 경우에는 법률로 확정되지 아니한다.

【3항】 양원의 의결을 필요로 하는 모든 명령, 결의 또는 표결(휴회에 관한 결의는 제외)은 이를 대통령에게 이송하여야 하며, 대통령이 이를 승인하여야 효력을 발생한다. 대통령이 이를 승인하지 아니하는 경우에는 법률안에서와 같은 규칙 및 제한에 따라서 상원과 하원에서 3분의 2 이상의 의원의 찬성으로 다시 가결하여야 한다.

제 8 절 (연방의회에 부여된 권한)

【1항】 연방의회는 다음의 권한을 가진다. 합중국의 채무를 지불하고, 공동 방위와 일반 복지를 위하여 조세, 관세, 공과금 및 소비세를 부과·징수한다. 다만 관세, 공과금 및 소비세는 합중국 전역을 통하여 획일적이어야 한다.

【2항】 합중국의 신용으로 금전을 차입한다.

【3항】외국과의, 주 상호간의 그리고 인디언부족과의 통상을 규제한다.

【4항】인 법률을 제정한다.

【5항】화폐를 주조하고, 미국 화폐 및 외국 화폐의 가치를 규정하며, 도량형의 기준을 정한다.

【6항】합중국의 유가증권 및 통화의 위조에 관한 벌칙을 정한다.

【7항】우편관서와 우편 도로를 건설한다.

【8항】저작자와 발명자에게 그들의 저술과 발명에 대한 독점적인 권리를 일정기간 확보해 줌으로써 과학과 유용한 기술의 발달을 촉진시킨다.

【9항】연방대법원 아래에 하급법원을 조직한다.

【10항】공해에서 범한 해적행위 및 중죄 그리고 국제법에 위배되는 범죄를 정의하고 이에 대한 벌칙을 정한다.

【11항】전쟁을 포고하고, 나포인허장을 수여하고, 지상 및 해상의 포획에 관한 규칙을 정한다.

【12항】육군을 모집, 편성하고 이를 유지한다. 다만, 이 목적을 위한 경비의 지출 기간은 2년을 초과하지 못한다.

【13항】해군을 창설하고 이를 유지한다.

【14항】육해군의 통수 및 규제에 관한 규칙을 정한다.

【15항】연방법률을 집행하고, 반란을 진압하고, 침략을 격퇴하기 위하여 민병의 소집에 관한 규칙을 정한다.

【16항】민병대의 편성, 무장 및 훈련에 관한 규칙과, 합중국의 군무에 복무하는 자들을 다스리는 규칙을 정한다. 다만, 각 주는 민병대의 장교를 임명하고, 연방의회가 정한 군율에 따라 민병대를 훈련시키는 권한을 각각 유보한다.

【17항】특정 주가 합중국에게 양도하고, 연방의회가 이를 수령함으로써 합중국 정부 소재지로 되는 지역(10평방 마일을 초과하지 못함)에 대하여는 어떠한 경우를 막론하고 독점적인 입법권을 행사하며, 요새, 무기고, 조병창, 조선소 및 기타 필요한 건물을 세우기 위하여 주의회의 승인을 얻어 구입한 모든 장소에 대해서도 이와 똑같은 권한을 행사한다.

【18항】위에 기술한 권한들과, 이 헌법이 합중국 정부 또는 그 부처 또는 그 관리에게 부여한 모든 기타 권한을 행사하는데 필요하고 적절한 모든 법률을 제정한다.

제 9 절 (연방의회에 금지된 권한)

【1항】 연방의회는 기존 각 주 중 어느 주가 허용함이 적당하다고 인정하는 사람들의 이주 또는 입국을 1808년 이전에는 금지하지 못한다. 다만, 이러한 사람들의 입국에 대하여 1인당 10달러를 초과하지 아니하는 한도 내에서 입국세를 부과할 수 있다.

【2항】 인신보호영장에 관한 특권은, 반란 또는 침략의 경우에 공공의 안전상 요구되는 때를 제외하고는 이를 정지시킬 수 없다.

【3항】 사권박탈법은 또는 소급처벌법을 통과시키지 못한다.

【4항】 인두세나 그밖의 직접세는 앞서(제2절 제3항에) 규정한 인구조사 또는 산정에 비례하지 아니하는 한, 이를 부과하지 못한다.

【5항】 주로부터 수출되는 물품에 조세 또는 관세를 부과하지 못한다.

【6항】 어떠한 통상 또는 세수입 규정에 의하여서도, 다른 주의 항구보다 특혜적인 대우를 어느 주의 항구에 할 수 없다. 또한 어느 주에 도착 예정이거나 어느 주를 출항한 선박을 다른 주에서 강제로 입·출항수속을 하게 하거나, 관세를 지불하게 할 수 없다.

【7항】 국고금은 법률에 따른 지출 승인에 의하여서만 지출할 수 있다. 또한 모든 공금의 수납 및 지출에 관한 정식 기술과 계산은 수시로 공표하여야 한다.

【8항】 합중국은 어떠한 귀족의 칭호도 수여하지 아니한다. 합중국에서 유급직 또는 위임에 의한 관직에 있는 자는 누구라도 연방의회의 승인 없이는 어떠한 국왕, 왕족 또는 외국으로부터도 종류 여하를 막론하고 선물, 보수, 관직 또는 칭호를 받을 수 없다.

제 10 절 (주에 금지된 권한)

【1항】 어느 주라도 조약, 동맹 또는 연합을 체결하거나, 나포면허장을 수여하거나, 화폐를 주조하거나, 신용증권을 발행하거나, 금화 및 은화 이외의 것으로서 채무지불의 법정수단으로 삼거나, 사권박탈법, 소급처벌법 또는 계약상의 채무에 해를 주는 법률 등을 제정하거나, 또는 귀족의 칭호를 수여할 수 없다.

【2항】 어느 주라도 연방의회의 동의 없이는 수입품 또는 수출품에 대하여 검사법의 시행상 절대 필요한 경우를 제외하고는 공과금 또는 관세를 부과하지 못한다. 어느 주에서나 수입품 또는 수출품에 부과하는 모든 공과금이나 관세의 순수입은 합중국 국고의 용도에 제공하여야 한다. 또한 연방의회는 이런 종류의 모든 주법들을 개정하고 통제할 수 있다.

【3항】어느 주라도 연방의회의 동의 없이는 톤세를 부과하고, 평화시에 군대나 군함을 보유하고, 다른 주나 외국과 협정이나 맹약을 체결할 수 없으며, 실제로 침공당하고 있거나, 지체할 수 없을 만큼 급박한 위험에 처해 있지 아니하고는 교전할 수 없다.

제 2 조 (행정부)

제 1 절

【1항】행정권은 아메리카합중국 대통령에게 속한다. 대통령의 임기는 4년으로 하며, 동일한 임기의 부통령과 함께 다음과 같은 방법에 의하여 선출된다.

【2항】각 주는 그 주 의회가 정하는 바에 따라, 그 주가 연방의회에 보낼 수 있는 상원의원과 하원의원의 총수와 동수의 선거인을 임명한다. 다만, 상원의원이나 하원의원, 또는 합중국에서 위임에 의한 또는 유급의 관직에 있는 자는 선거인이 될 수 없다.

【3항】선거인은 각기 자기 주에서 회합하에 비밀투표에 의하여 2인을 선거한다. 다만, 양인 중 적어도 1인은 선거인과 동일한 주의 주민이 아니어야 한다. 선거인은 모든 득표자들의 명부와 각 득표자의 득표수를 기재한 표를 작성하여 서명하고 증명한 다음, 봉합하여 상원의원 앞으로 합중국 정부 소재지로 송부한다. 상원의장은 상원의원 및 하원의원들의 앞에서 모든 증명서를 개봉하고 계산한다. 최고득표자의 득표수가 임명된 선거인의 총수의 과반수가 되었을 때에는 그가 대통령으로 당선된다. 과반수 득표자가 2인 이상이 되고, 그 득표수가 동수일 경우에는 하원이 즉시 비밀투표로 그 중 1인을 대통령으로 선임하여야 한다. 과반수 득표자가 없을 경우에는 하원이 동일한 방법으로 최다수 득표자 5명 중에서 대통령을 선임한다. 다만, 이러한 방법에 의하여 대통령을 선거할 때에는 선거를 주 단위로 하고, 각 주의 하원의원은 1표의 투표권을 가지며, 그 선거에 필요한 정족수는 전체 주의 3분의 2의 주로부터 1명 또는 2명 이상의 의원의 출석으로써 성립되며, 전체 주의 과반수의 찬성을 얻어야 선출될 수 있다. 어떤 경우에 있어서나, 대통령을 선출하고 난 후에 최다수의 득표를 한 자를 부통령으로 한다. 다만, 동수의 득표자가 2인 이상 있을 때에는 상원이 비밀투표로 그 중에서 부통령을 선출한다.

【4항】연방의회는 선거인들의 선임시기와 이들의 투표일을 결정할 수 있으며, 이 투표일은 합중국 전역을 통하여 같은 날이 되어야 한다.

【5항】출생에 의한 합중국 시민이 아닌 자, 또는 본 헌법의 제정시에 합중국 시민

이 아닌 자는 대통령으로 선임될 자격이 없다. 연령이 35세에 미달한 자, 또는 14년 간 합중국 내의 주민이 아닌 자도 대통령으로 선임될 자격이 없다.

【6항】 대통령이 면직되거나, 사망하거나, 사직하거나 또는 그 권한 및 직무를 수행할 능력을 상실할 경우에, 대통령의 직무는 부통령에게 귀속된다. 연방의회는 법률에 의하여 대통령 및 부통령의 면직 또는 직무수행 불능의 경우를 규정할 수 있으며, 그러한 경우에 대통령의 직무를 수행할 관리를 정할 수 있다. 이 관리는 대통령의 직무수행 불능이 제거되거나 대통령이 새로 선임될 때까지 대통령의 직무를 대행한다.

【7항】 대통령은 그 직무수행에 대한 대가로 정기로 보수를 받으며, 그 보수는 임기 중에 인상 또는 인하되지 아니한다. 대통령은 그 임기중에 합중국 또는 어느 주로부터 그밖의 어떠한 보수도 받지 못한다.

【8항】 대통령은 그 직무수행을 시작하기에 앞서 다음과 같은 선서 또는 확약을 하여야 한다. "나는 합중국 대통령의 직무를 성실히 수행하며, 나의 능력의 최선을 다하여 합중국 헌법을 보전하고, 보호하고, 수호할 것을 엄숙히 선서(또는 확약)한다."

제 2 절

【1항】 대통령은 합중국 육·해군의 총사령관 그리고 각 주의 민병이 합중국의 현역에 복무할 때는 그 민병대의 총사령관이 된다. 대통령은, 각 소관 직무사항에 관하여, 행정 각 성의 장관의, 문서에 의한 견해를 요구할 수 있다. 대통령은 합중국에 대한 범죄에 관하여, 탄핵의 경우를 제외하고, 형의 집행유예 및 사면을 명할 수 있는 권한을 가진다.

【2항】 대통령은 상원의 권고와 동의를 얻어 조약을 체결하는 권한을 가진다. 다만, 그 권고와 동의는 상원의 출석의원 3분의 2 이상의 찬성을 얻어야 한다. 대통령은 대사, 그밖의 공사 및 영사, 연방대법원 판사 그리고 그 임명에 관하여 본 헌법에 특별 규정이 없고, 법률로써 정하는 그밖의 모든 합중국 관리를 지명하여 상원의 권고와 동의를 얻어 임명한다. 다만, 연방의회는 적당하다고 인정되는 하급관리 임명권을 법률에 의하여 대통령에게만, 법원에게, 또는 각 성장관에게 부여할 수 있다.

【3항】 대통령은 상원의 휴회중에 생기는 모든 결원을 임명에 의하여 충원하는 권한을 가진다. 다만, 그 임명은 다음 회기가 만료될 때에 효력을 상실한다.

제 3 절

대통령은 연방의 상황에 관하여 수시로 연방의회에 보고하고, 필요하고도 권고할

만하다고 인정하는 법안의 심의를 연방의회에 권고하여야 한다. 긴급시에 대통령은 상·하 양원 또는 그 중의 1원을 소집할 수 있으며, 휴회의 시기에 관하여 양원간에 의견이 일치되지 아니하는 때에는 대통령은 적당하다고 인정하는 때까지 양원의 정회를 명할 수 있다. 대통령은 대사와 그밖의 외교사절을 접수하며, 법률이 충실하게 집행되도록 유의하며, 또 합중국의 모든 관리들에게 직무를 위임한다.

제 4 절

대통령, 부통령 그리고 합중국의 모든 문관은 반역죄, 수뢰죄, 또는 그밖의 중대한 범죄 및 경죄로 탄핵받고 유죄 판결을 받음으로써 면직된다.

제 3 조 (사법부)

제 1 절

합중국의 사법권은 1개의 연방대법원에, 그리고 연방의회가 수시로 제정·설치하는 하급법원들에 속한다. 연방대법원 및 하급법원의 판사는 중대한 죄과가 없는 한 그 직을 보유하며, 그 직무에 대하여 정기에 보수를 받으며, 그 보수는 재임중에 감액되지 아니한다.

제 2 절

【1항】사법권은 본 헌법과 합중국 법률, 그리고 합중국의 권한에 의하여 체결되었거나 체결될 조약으로 하여 발생하는 모든 보통법상 및 형평법상의 사건, 대사와 그밖의 외교사절 및 영사에 관한 모든 사건, 해사재판 및 해상관할에 관한 모든 사건, 합중국이 일반 당사자가 되는 분쟁, 2개 주 이상의 주간에 발생하는 분쟁, 어느 주와 타 주 시민간의 분쟁, 상이한 주의 시민들간의 분쟁, 타 주로부터 부여된 토지에 대한 권리에 관하여 발생하는 같은 주 내의 시민간의 분쟁, 그리고 어떤 주나 그 주의 시민과 외국 또는 외국시민과의 사이에 발생하는 분쟁에 미친다.

【2항】대사와 그밖의 외교사절 및 영사에 관계되는 사건과, 주가 당사자인 사건은 연방대법원이 제1심의 재판관할권을 가진다. 그밖의 모든 사건에 있어서는 연방의회가 정하는 예외의 경우를 두되, 연방의회가 정하는 규정에 따라 법률문제와 사실문제에 관하여 상소심 재판관할권을 가진다.

【3항】탄핵사건을 제외한 모든 범죄의 재판은 배심제로 한다. 그 재판은 그 범죄가 행하여진 주에서 하여야 한다. 다만 그 범죄지가 어느 주에도 속하지 아니할 경우에

는 연방의회가 법률에 의하여 정하는 장소에서 재판한다.

제 3 절

【1항】합중국에 대한 반역죄는 합중국에 대하여 전쟁을 일으키거나, 또는 적에게 가담하여 원조 및 지원을 할 경우에만 성립한다. 누구라도 명백한 상기 행동에 대하여 2명의 증인의 증언이 있거나, 또는 공개법정에서 자백하는 경우 이외에는 반역죄의 유죄선고를 받지 아니한다.

【2항】연방의회는 반역죄의 형벌을 선고하는 권한을 가진다. 다만, 반역죄의 선고로 사권이 박탈된 자는 자기의 생존기간을 제외하고 혈통오독이나 재산 몰수를 초래하지 아니한다.

제 4 조 (주 상호간의 관계)

제 1 절

각 주는 다른 주의 공법률, 기록 및 사법절차에 대하여 충분한 신뢰와 신용을 가져야 한다. 연방의회는 이러한 공법률, 기록 및 사법절차를 증명하는 방법과 그것들의 효력을 일반법률로써 규정할 수 있다.

제 2 절

【1항】각 주의 시민은 다른 어느 주에 있어서도 그 주의 시민이 향유하는 모든 특권 및 면책권을 가진다.

【2항】어느 주에서 반역죄, 중죄 또는 그밖의 범죄로 인하여 고발된 자가 도피하여 재판을 면하고, 다른 주에서 발견된 경우, 범인이 도피해 나온 주의 행정당국의 요구에 의하여, 그 범인은 그 범죄에 대한 재판관할권이 있는 주로 인도되어야 한다.

【3항】어느 주에서 그 주의 법률에 의하여 사역 또는 노역을 당하도록 되어 있는 자가 다른 주로 도피한 경우에, 다른 주의 어떠한 법률 또는 규정에 의하여서도 그 사역 또는 노역의 의무는 해제되지 아니하며, 그 자는 그 사역 또는 노역을 요구할 권리를 가진 당사자의 청구에 따라 인도되어야 한다.

제 3 절 (연방 · 주간의 관계)

【1항】연방의회는 신 주를 연방에 가입시킬 수 있다. 다만, 어떠한 주의 관할구역

에서도 신 주를 형성하거나 설치할 수 없다. 또 관계 각 주의 주의회와 연방의회의 동의 없이는 2개 이상의 주 또는 주의 일부를 합병하여 신 주를 형성할 수 없다.

【2항】 연방의회는 합중국 속령 또는 합중국에 속하는 그밖의 재산을 처분하고 이에 관한 모든 필요한 규칙 및 규정을 제정하는 권한을 가진다. 다만, 이 헌법의 어떠한 조항도 합중국 또는 어느 주의 권리를 훼손하는 것으로 해석하여서는 아니된다.

제 4 절

합중국은 이 연방 내의 모든 주에 공화정체를 보장하며, 각 주를 침략으로부터 보호하며, 또 각 주의 주 의회 또는 행정부(주 의회를 소집할 수 없을 때)의 요구가 있을 때에는 주 내의 폭동으로부터 각 주를 보호한다.

제 5 조 (헌법수정 절차)

연방의회는 각 원의 의원의 3분의 2가 본 헌법에 대한 수정의 필요성을 인정할 때에는 헌법수정을 발의하여야 하며, 또는, 각 주 중 3분의 2 이상의 주 의회의 요청이 있을 때에는 수정발의를 위한 헌법회의를 소집하여야 한다. 어느 경우에 있어서나 수정은 연방의회가 제의하는 비준의 두 방법 중의 어느 하나에 따라, 4분의 3의 주의 주 의회에 의하여 비준되거나, 또는 4분의 3의 주의 주 헌법회의에 의하여 비준되는 때에는 사실상 본 헌법의 일부로서 효력을 발생한다. 다만, 1808년 이전에 이루어지는 수정은 어떠한 방법으로도 제1조제9절제1항 및 제4항에 변경을 가져올 수 없다. 어느 주도 그 주의 동의 없이는 상원에서의 동등한 투표권을 박탈당하지 아니한다.

제 6 조

【1항】(연방책무) 본 헌법이 제정되기 전에 계약된 모든 책무와 체결된 모든 계약은 본 헌법하에서도 연합규약하에서와 마찬가지로 합중국에 대하여 효력을 가진다.

【2항】(연방정부의 최고성) 본 헌법, 본 헌법에 준거하여 제정되는 합중국 법률 그리고 합중국의 권한에 의하여 체결되었거나 체결될 모든 조약은 이 나라의 최고법률이며, 모든 주의 법관은, 어느 주의 헌법이나 법률 중에 이에 배치되는 규정이 있을지라도 이에 구속된다.

【3항】 상기한 상원의원 및 하원의원, 각 주 의회의원, 합중국 및 각 주의 모든 행정

관 및 사법관은 선서 또는 확약에 의하여 본 헌법을 받들 의무가 있다. 다만, 합중국의 어떠한 관직 또는 위임에 의한 공직에도 그 자격요건으로서 종교상의 자격은 요구되지 아니한다.

제 7 조 (헌법 비준)

9개 주의 헌법회의가 비준하면 이 헌법은 비준을 마친 각 주 사이에서 효력을 발생하는데 충분하다 할 것이다.

서기 1787년, 아메리카합중국 독립 제12년, 9월 17일, 헌법회의에 참석한 각 주의 만장일치의 동의를 얻어 본 헌법을 제정한다. 이를 증명하기 위하여 우리들은 이에 서명한다.

의장 겸 버지니아 주 대표 조지 워싱턴
뉴햄프셔 주 존 랭던, 니콜라스 길먼
매사추세츠 주 너대니얼 고램, 루퍼스 킹
코네티컷 주 윌리엄 새뮤얼 존슨, 로저 셔먼
뉴욕 주 앨릭잰더 해밀턴
뉴저지 주 윌리엄 리빙스턴, 데이비드 브리얼리, 윌리엄 패터슨, 조내던 데이튼,
펜실베니아 주 벤저민 프랭클린, 토머스 미플린, 로버트 모리스, 조지클라이머,
토머스 피치먼즈, 자레드 잉거솔, 제임스 윌슨, 구부누어 모리스
델라웨어 주 조지 리드, 거닝 베드포드 주니어, 존 디킨슨, 리처드 배시트, 제이컵 브룸
메릴랜드 주 제임즈 먹헨리, 대니얼 오브 세인트, 토머스 제니퍼, 대니얼 캐럴
버지니아 주 존 블레어, 제임스 매디슨 주니어
노스캐롤라이나 주 윌리엄 블라운트, 리처드 도브스 스페이트, 휴 윌리엄슨
사우스캐롤라이나 주 존 러틀리지, 찰즈 코우츠워스 핑크니, 찰즈 핑크니, 피어스 버틀러
조지아 주 윌리엄 퓨, 에이브러햄 볼드윈

인증서기 윌리엄 잭슨

[헌법수정조항]

아래는 미국 헌법의 수정조항이다. 수정헌법의 첫 10개 조항은 권리장전이라고 알려져 있다(이 수정조항들은 1789년 9월 25일 발의되어 1791년 12월 15일에 비준됨).

수정 제 1 조 (종교, 언론 및 출판의 집회 및 청원의 권리)

연방의회는 국교를 정하거나 또는 자유로운 신교행위를 금지하는 법률을 제정할 수 없다. 또한 언론, 출판의 자유나 국민이 평화로이 집회할 수 있는 권리 및 불만사항의 교제를 위하여 정부에게 청원할 수 있는 권리를 제한하는 법률을 제정할 수 없다.

수정 제 2 조 (무기휴대의 권리)

규율 있는 민병들은 자유로운 주의 안보에 필요하므로 무기를 소장하고 휴대하는 인민의 권리를 침해할 수 없다.

수정 제 3 조 (군인의 숙영)

평화시에 군대는 어떠한 주택에도 그 소유자의 승낙을 받지 아니하고는 숙영할 수 없다. 전시에 있어서도 법률이 정하는 방법에 의하지 아니하고는 숙영할 수 없다.

수정 제 4 조 (수색 및 체포영장)

부당한 수색 · 체포 · 압수로부터 신체, 가택, 서류 및 동산의 안전을 보장받는 인민의 권리는 이를 침해할 수 없다. 체포 · 수색 · 압수의 영장은, 상당한 이유에 의하고, 선서 또는 확약에 의하여 뒷받침되고, 특히 수색될 장소, 체포될 사람 또는 압수될 물품을 기재하지 아니하고는 이를 발급할 수 없다.

수정 제 5 조 (형사사건에서의 제권리)

누구라도, 대배심에 의한 고발 또는 기소가 있지 아니하는 한, 사형에 해당하는 죄 또는 파렴치죄에 관하여 심리를 받지 아니한다. 다만, 육군이나 해군에서 또는 전시나 사변시에 복무중에 있는 민병대에서 발생한 사건에 관하여서는 예외로 한다. 누구라도 동일한 범행으로 생명이나 신체에 대한 위협을 재차 받지 아니하며, 어떠한 형사 사건에 있어서도 자기에게 불리한 증언을 강요당하지 아니하며, 누구라도 정당한 법의 절차에 의하지 아니하고는 생명, 자유 또는 재산을 박탈당하지 아니한다. 또 정당한 보상 없이, 사유재산이 공공용(公共用)으로 수용당하지 아니한다.

수정 제 6 조 (공정한 재판을 받을 제권리)

모든 형사소추에 있어서, 피고인은 범죄가 행하여진 주 및 법률이 미리 정하는 지구의 공정한 배심에 의한 신속한 공판을 받을 권리, 사건의 성질과 이유에 관하여 통고받을 권리, 자기에게 불리한 증인과 대질 심문을 받을 권리, 자기에게 유리한 증인을 얻기 위하여 강제적 수속을 취할 권리, 자신의 변호를 위하여 변호인의 도움을 받을 권리가 있다.

수정 제 7 조 (민사사건에서의 제권리)

보통법상의 소송에 있어서, 소송에 걸려 있는 액수가 20달러를 초과하는 경우에는 배심에 의하여 심리를 받을 권리가 보유된다. 배심에 의하여 심리된 사실은 보통법의 규정에 의하는 이외에 합중국의 어느 법원에서도 재심받지 아니한다.

수정 제 8 조 (보석금, 벌금 및 형벌)

과다한 보석금을 요구하거나, 과다한 벌금을 과하거나, 잔혹하고 이상한 형벌을 과하지 못한다.

수정 제 9 조 (인민이 보유하는 제권리)

본 헌법에 특정 권리들을 열거한 사실이, 인민이 보유하는 그밖의 여러 권리들을 부인하거나 경시하는 것으로 해석되어서는 아니된다.

206

수정 제 10 조 (주와 인민이 보유하는 권한)

본 헌법에 의하여 합중국에 위임되지 아니하였거나, 각 주에게 금지되지 아니한 권한들은 각 주나 인민이 보유한다.

수정 제 11 조 (주를 상대로 하는 소송)

* 이 수정조항은 1974년 3월 5일에 발의되어, 1975년 2월 7일에 비준됨.

합중국의 사법권은 합중국의 한 주에 대하여 다른 주의 시민 또는 외국의 시민이나 신민에 의하여 개시되었거나 제기된, 보통법상 또는 형평법상의 소송에까지 미치는 것으로 해석할 수 없다.

수정 제 12 조 (대통령 및 부통령의 선출)

* 이 수정조항은 1803년 12월 12일에 발의되어, 1804년 9월 27일에 비준됨.

선거인은 각각 자기 주에서 회합하여, 비밀투표에 의하여 대통령과 부통령을 선거한다. 양인 중 적어도 1인은 선거인과 동일한 주의 주민이 아니어야 한다. 선거인은 투표용지에 대통령으로 투표되는 사람의 이름을 지정하고, 별개의 투표 용지에 부통령으로 투표되는 사람의 이름을 지정하여야 한다. 선거인은 대통령으로 투표된 모든 사람의 명부와 부통령으로 투표된 모든 사람의 명부 그리고 각 득표자의 득표수를 기재한 표를 별개로 작성하여 선거인이 이에 서명하고 증명한 다음, 봉합하여 상원의장 앞으로 합중국 정부 소재지로 송부한다. 상원의장은 상원의원 및 하원의원 참석하에 모든 증명서를 개봉하고 개표한다. 대통령으로서의 투표의 최고 득표자를 대통령으로 한다. 다만, 득표수가 선임된 선거인의 총수의 과반수가 되어야 한다. 이와 같은 과반수 득표자가 없을 경우 하원은 즉시 대통령으로 투표된 사람의 명부 중 3인을 초과하지 아니하는 최다수 득표자들 중에서 대통령을 비밀투표로 선거하여야 한다. 다만, 이러한 방법으로 대통령을 선거할 때에는 선거를 주 단위로 하고, 각 주는 1표의 투표권을 가지며, 그 선거에 필요한 정족수는 전체 주의 3분의 2의 주로부터 1명 또는 그 이상의 의원의 출석으로써 성립되며, 전체 주의 과반수의 찬성을 얻어야 선출될 수 있다. 대통령 선정권이 하원에 귀속된 경우에 하원이 (다음 3월 4일까지) 대통령을 선정하지 않을 때에는 대통령의 사망 또는 그밖의 헌법상의 직무 수행 불능의 경우와 같이 부통령이 대통령의 직무를 행한다. 부통령으로서의 최고득표자를 부통령으로 한다. 다만, 그 득표수는 선임된 선거인의 총수의 과반수가 되어야 한다. 과반수 득표자가 없을 경우에는 상원이 득표자 명부 중 최다수 득표자 2인 중에서 부통령을 선임한다. 이 목적을 위한 정족수는 상원의원 총수의 3분의 2로 성립되며, 그 선임에는 의원총수의 과반수가 필요하다. 다만, 헌법상 대통령의 직에 취임할 자격이 없는 사람은 합중국 부통령의 직에 취임할 자격도 없다.

수정 제 13 조 (노예제도 폐지)

* 이 수정조항은 1865년 2월 1일에 발의되어, 1865년 12월 18일에 비준됨.

제 1 절
노예 또는 강제노역은 당사자가 정당하게 유죄판결을 받은 범죄에 대한 처벌이 아니면 합중국 또는 그 관할에 속하는 어느 장소에서도 존재할 수 없다.

제 2 절
연방의회는 적당한 입법에 의하여 본 조의 규정을 시행할 권한을 가진다.

수정 제 14 조 (공민권)

* 이 수정조항은 1866년 6월 16일에 발의되어, 1868년 7월 28일에 비준됨.

제 1 절
합중국에서 출생하고 또는 귀화하고, 합중국의 관할권에 속하는 모든 사람은 합중국 및 그 거주하는 주의 시민이다. 어떠한 주도 합중국 시민의 특권과 면책권을 박탈하는 법률을 제정하거나 시행할 수 없다. 어떠한 주도 정당한 법의 절차에 의하지 아니하고는 어떠한 사람으로부터도 생명, 자유 또는 재산을 박탈할 수 없으며, 그 관할권내에 있는 어떠한 사람에 대하여도 법률에 의한 평등한 보호를 거부하지 못한다.

제 2 절

하원의원은 각 주의 인구수에 비례하여 각 주에 할당한다. 각 주의 인구수는 과세되지 아니하는 인디언을 제외한 각 주의 총인구수이다. 다만, 합중국 대통령 및 부통령의 선거인, 연방의회의 하원의원, 각 주의 행정관, 사법관 또는 각 주 의회의 의원을 선출하는 어떠한 선거에서도, 반란이나 그밖의 범죄에 가담한 경우를 제외하고, 21세에 달하고 합중국 시민인 해당 주의 남성주민 중의 어느 누구에게 투표권이 거부되거나, 어떠한 방법으로 제한되어 있을 때에는 그 주의 하원의원 할당수의 기준은 그러한 남성주민의 수가 그 주의 21세에 달한 남성주민의 총수에 대하여 가지는 비율에 따라 감소된다.

제 3 절

과거에 연방의회, 의원, 합중국 관리, 주 의회의원 또는 각 주의 행정관이나 사법관으로서, 합중국 헌법을 수호할 것을 선서하고, 후에 이에 대한 폭동이나 반란에 가담하거나 또는 그 적에게 원조를 제공한 자는 누구라도 연방의회의 상원의원이나 하원의원, 대통령 및 부통령의 선거인, 합중국이나 각 주 밑에서의 문무의 관직에 취임할 수 없다. 다만, 연방의회는 각 원의 3분의 2의 찬성 투표로써 그 실격을 해제할 수 있다.

제 4 절

폭동이나 반란을 진압할 때의 공헌에 대한 은급 및 하사금을 지불하기 위하여 기채(起債)한 부채를 포함하여 법률로 인정한 국채의 법적효력은 이를 문제로 삼을 수 없다. 그러나 합중국 또는 주는 합중국에 대한 폭동이나 반란을 원조하기 위하여 기채한 부채에 대하여 또는 노예의 상실이나 해방으로 인한 청구에 대하여서는 채무를 부담하거나 지불하지 아니한다. 모든 이러한 부채, 채무 및 청구는 위법이고 무효이다.

제 5 절

연방의회는 적절한 입법에 의하여 본 조의 규정을 시행할 권한을 가진다.

수정 제 15 조 (흑인의 투표권)

* 이 수정조항은 1869년 2월 27일에 발의되어, 1870년 3월 30일에 비준됨.

제 1 절

합중국 시민의 투표권은 인종, 피부색 또는 과거의 예속 상태로 해서, 합중국이나 주에 의하여 거부되거나 제한되지 아니한다.

제 2 절

연방의회는 적절한 입법에 의하여 본 조의 규정을 시행할 권한을 가진다.

수정 제 16 조 (소득세)

* 이 수정조항은 1909년 7월 12일에 발의되어, 1913년 2월 25일에 비준됨.

연방의회는 어떠한 소득원에서 얻어지는 소득에 대하여서도, 각 주에 배당하지 아니하고 국세조사나 인구수 산정에 관계없이, 소득세를 부과·징수할 권한을 가진다.

수정 제 17 조 (연방의회 상원의원 직접선거)

* 이 수정조항은 1912년 5월 16일에 발의되어, 1913년 5월 31일에 비준됨.

【1항】합중국의 상원은 각 주 2명씩의 상원의원으로 구성된다. 상원의원은 그 주의 주민에 의하여 선출되고 5년의 임기를 가진다. 각 상원의원은 1표의 투표권을 가진다. 각 주의 선거인은 주 입법부 중 의원수가 많은 의원의 선거인에 요구되는 자격을 가져야 한다.

【2항】상원에서 어느 주의 의원에 결원이 생긴 때에는 그 주의 행정부는 결원을 보충하기 위하여 선거명령을 발하여야 한다. 다만, 주민이 주 의회가 정하는 바에 의한 선거에 의하여 결원을 보충할 때까지, 주 의회는 그 주의 행정부에게 임시로 상원의원을 임명하는 권한을 부여할 수 있다.

【3항】본 수정조항은 본 헌법의 일부로서 효력을 발생하기 이전에 선출된 상원의원의 선거 또는 임기에 영향을 주는 것으로 해석하지 못한다.

수정 제 18 조 (음주)

* 이 수정조항은 1917년 12월 18일에 발의되어, 1919년 1월 29일에 비준됨.

제 1 절
본 조의 비준으로부터 1년을 경과한 후에는 합중국 내와 그 관할에 속하는 모든 영역 내에서 음용할 목적으로 주류를 양조, 판매 또는 운송하거나 합중국에서 이를 수입 또는 수출하는 것을 금지한다.

제 2 절
연방의회와 각 주는 적절한 입법에 의하여 본 조를 시행할 동등할 권한을 가진다.

제 3 절
본 조는 연방의회로부터 이를 각 주에 회부한 날로부터 7년 이내에 각 주 의회가 헌법에 규정된 바와 같이 헌법수정으로서 비준하지 아니하면 그 효력을 발생하지 아니한다.

수정 제 19 조 (여성의 선거권)

* 이 수정조항은 1919년 6월 4일에 발의되어, 1920년 8월 26일에 비준됨.

제 1 절
합중국 시민의 투표권은 성별로 해서 합중국이나 주에 의하여 거부 또는 제한되지 아니한다.

제 2 절
연방의회는 적절한 입법에 의하여 본 조를 시행할 권한을 가진다.

수정 제 20 조 (대통령과 연방의회의원의 임기)

* 이 수정조항은 1932년 3월 2일에 발의되어, 1933년 2월 6일에 비준됨.

제 1 절

대통령과 부통령의 임기는 본 조가 비준되지 아니하였더라면 임기가 만료하였을 해의 1월 2일 정오에, 그리고 상원의원과 하원의원의 임기는 그러한 해의 1월 3일 정오에 끝난다. 그 후임자의 임기는 그때부터 시작된다.

제 2 절

연방의회는 매년 적어도 1회 집회한다. 그 집회는 의회가 법률로 다른 날을 정하지 아니하는 한 1월 3일 정오부터 시작된다.

제 3 절

대통령의 임기 개시일로 정해놓은 시일에 대통령 당선자가 사망하였으면 부통령 당선자가 대통령이 된다. 대통령 임기의 개시일로 정한 시일까지 대통령이 선정되지 아니하였거나, 대통령 당선자가 자격을 구비하지 못하였을 때에는 부통령 당선자가 대통령이 그 자격을 구비할 때까지 대통령의 직무를 대행한다. 연방의회는, 대통령 당선자와 부통령 당선자가 다 자격을 구비하지 못하는 경우에 대비하여 법률로써 규정하고, 대통령의 직무를 대행하여야 할 자 또는 그 대행자의 선정방법을 선언할 수 있다. 이러한 경우에 선임된 자는 대통령 또는 부통령이 자격을 구비할 때까지 대통령의 직무를 대행한다.

제 4 절

연방의회는, 하원이 대통령의 선정권을 갖게 되었을 때에 하원이 대통령으로 선정할 인사 중 사망자가 생긴 경우와, 상원이 부통령의 선정권을 갖게 되었을 때에 상원이 부통령으로 선정할 인사 중 사망자가 생긴 경우에 대비하여 법률로 규정할 수 있다.

제 5 절

제1절 및 제2절은 본 조의 비준 후 최초의 10월 15일부터 효력을 발생한다.

제 6 절

본 조는 회부된 날로부터 7년 이내에 각 주의 4분의 3의 주 의회에 의하여 헌법수정 조항으로 비준되지 아니하면 효력을 발생하지 아니한다.

수정 제 21 조 (금주조항의 폐기)

* 이 수정조항은 1933년 2월 2일에 발의되어, 1933년 12월 5일에 비준됨.

제 1 절
연방헌법수정 제18조는 이를 폐기한다.

제 2 절
합중국의 영토 또는 속령의 법률에 위반하여 이들 지역 내에서 배달 또는 사용할 목적으로 주류를 이들 지역에 수송 또는 수입하는 것을 금지한다.

제 3 절
본 조는 연방의회가 이것을 각 주에게 회부한 날부터 7년 이내에 헌법규정에 따라서 각 주의 헌법회의에 의하여 헌법수정조항으로서 비준되지 아니하면 효력을 발생하지 아니한다.

수정 제 22 조 (대통령임기를 2회로 제한)

* 이 수정조항은 1947년 3월 21일에 발의되어, 1951년 2월 26일에 비준됨.

제 1 절
누구라도 2회 이상 대통령직에 선출될 수 없으며, 누구라도 타인이 대통령으로 당선된 임기 중 2년 이상 대통령직에 있었거나, 대통령 직무를 대행한 자는 1회 이상 대통령직에 당선될 수 없다. 다만, 본 조는 연방의회가 이를 발의하였을 때에 대통령직에 있는 자에게는 적용되지 아니하며, 또 본 조가 효력을 발생하게 될 때에 대통령직에 있거나 대통령 직무를 대행하고 있는 자가 잔여 임기 중 대통령직에 있거나 대통령 직무를 대행하는 것을 방해하지 아니한다.

제 2 절
본 조는 연방의회가 각 주에 회부한 날로부터 7년 이내에 각 주의 4분의 3의 주의 회에 의하여 헌법수정조항으로서 비준되지 아니하면 효력을 발생하지 아니한다.

수정 제 23 조 (콜럼비아특별행정구에서의 선거권)

* 이 수정조항은 1960년 6월 16일에 발의되어, 1961년 4월 3일에 비준됨.

제 1 절
합중국 정부 소재지를 구성하고 있는 특별구는 연방의회가 다음과 같이 정한 방식에 따라 대통령 및 부통령의 선거인을 임명한다.

그 선거인의 수는 이 특별구가 주라면 배당받을 수 있는 연방의원 내의 상원 및 하원 의원수와 같은 수이다. 그러나 어떠한 경우에도 최소의 인구를 가진 주보다 더 많을 수 없다. 그들은 각 주가 임명한 선거인들에 첨가된다. 그러나 그들도 대통령 및 부통령의 선거를 위하여 주가 선정한 선거인으로 간주된다. 그들은 이 지구에서 회합하여, 헌법수정 제12조가 규정하고 있는 바와 같은 직무를 수행한다.

제 2 절
합중국 의회는 적절한 입법에 의하여 본 조를 시행할 권한을 가진다.

수정 제 24 조 (인두세)

* 이 수정조항은 1962년 8월 27일에 발의되어, 1964년 1월 23일에 비준됨.

제 1 절
대통령 또는 부통령 선거인들 또는 합중국의회 상원의원이나 하원의원을 위한 예비선거 또는 그밖의 선거에서의 합중국 시민의 선거권은 인두세나 기타 조세를 납부하지 아니하였다는 이유로 합중국 또는 주에 의하여 거부되거나 제한되지 아니한다.

제 2 절
합중국 의회는 적절한 입법에 의하여 본 조를 시행할 권한을 가진다.

수정 제 25 조 (대통령의 직무수행불능과 승계)

* 이 수정조항은 1965년 7월 6일에 발의되어, 1967년 2월 10일에 비준됨.

제 1 절
대통령이 면직, 사망 또는 사임하는 경우에는 부통령이 대통령이 된다.

제 2 절
부통령직이 궐위되었을 때에는 대통령이 부통령을 지명하고, 지명된 부통령은 연방의회 양원의 다수결에 의한 인준에 따라 취임한다.

제 3 절
대통령이 상원의 임시의장과 하원의장에게, 대통령의 권한과 임무를 수행할 수 없다는 것을 기재한 공한을 송부할 경우에, 그리고 대통령이 그들에게 그 반대의 사실을 기재한 공한을 송부할 때까지는 부통령이 대통령권한대행으로서 그 권한과 임무를 수행한다.

제 4 절
부통령, 그리고 행정부 각 성의 또는 연방의회가 법률에 의하여 설치하는 기타 기관의 장관들의 대다수가 상원의 임시의장과 하원의장에게, 대통령이 그의 직의 권한과 임무를 수행할 수 없다는 것을 기재한 공한을 송부할 경우에는 부통령이 즉시 대통령권한대행으로서 대통령직의 권한과 임무를 떠맡는다.

그 이후 대통령이 상원의 임시의장과 하원의장에게 직무수행 불능이 존재하지 아니하다는 것을 기재한 공한을 송부할 때는, 대통령이 그의 직의 권한과 임무를 다시 수행한다. 다만, 그러한 경우에 부통령 그리고 행정부 각 부, 또는 연방의회가 법률에 의하여 설치하는 기타 기관의 장들의 대다수가 4일 이내에 상원의 임시의장과 하원의장에게 대통령이 그의 직의 권한과 임무를 수행할 수 없다는 것을 기재한 공한을 송부하지 아니하여야 한다. 그 경우에 연방의회는 비회기중이라 할지라도 목적을 위하여 48시간 이내에 소집하여 그 문제를 결정한다. 연바의회가 후자의 공한을 수령한 후 21일 이내에 또는 비회기중이라도 연방의회가 소집 요구를 받은 후 21일 이내에 양원의 3분의 2의 표결로써 대통령이 그의 직의 권한과 임무를 수행할 수 없다는 것을 결의할 경우에는 부통령이 대통령권한대행으로서 계속하여 그 권한과 임무를 수행한다. 다만, 그렇지 아니한 경우에는 대통령이 그의 직의 권한과 임무를 다시 수행한다.

수정 제 26 조 (18세 이상인 시민의 선거권)

* 이 수정조항은 1971년 3월 23일에 발의되어, 1971년 7월 1일에 비준됨.

제 1 절
연령 18세 이상의 합중국시민의 투표권은 연령을 이유로 하여 합중국 또는 주에 의하여 거부되거나 제한되지 아니한다.

제 2 절
합중국 의회는 적절한 입법에 의하여 본 조를 시행할 권한을 가진다.

수정 제 27 조 (의원 세비 인상)

* 이 수정조항은 1992년 5월 7일에 비준됨.

상하의원의 세비 변경에 관한 법률은 다음 하원의원 선거때 까지 효력을 발생하지 않는다.

Constitution for the United States of America

We the People of the United States, in Order to form a more perfect Union, establish Justice, insure domestic Tranquility, provide for the common defence, promote the general Welfare, and secure the Blessings of Liberty to ourselves and our Posterity, do ordain and establish this Constitution for the United States of America.

Article I

Section 1

All legislative Powers herein granted shall be vested in a Congress of the United States, which shall consist of a Senate and House of Representatives.

Section 2

The House of Representatives shall be composed of Members chosen every second Year by the People of the several States, and the Electors in each State shall have the Qualifications requisite for Electors of the most numerous Branch of the State Legislature.

No Person shall be a Representative who shall not have attained to the Age of twenty five Years, and been seven Years a Citizen of the United States, and who shall not, when elected, be an Inhabitant of that State in which he shall be chosen.

Representatives and direct Taxes shall be apportioned among the several States which may be included within this Union, according to their respective Numbers, which shall be determined by adding to the whole Number of free Persons, including those bound to Service for a Term of Years, and excluding Indians not taxed, three fifths of all other Persons [Modified by Amendment XIV]. The actual

Enumeration shall be made within three Years after the first Meeting of the Congress of the United States, and within every subsequent Term of ten Years, in such Manner as they shall by Law direct. The Number of Representatives shall not exceed one for every thirty Thousand, but each State shall have at Least one Representative; and until such enumeration shall be made, the State of New Hampshire shall be entitled to chuse three, Massachusetts eight, Rhode-Island and Providence Plantations one, Connecticut five, New-York six, New Jersey four, Pennsylvania eight, Delaware one, Maryland six, Virginia ten, North Carolina five, South Carolina five, and Georgia three.

When vacancies happen in the Representation from any State, the Executive Authority thereof shall issue Writs of Election to fill such Vacancies.

The House of Representatives shall chuse their Speaker and other Officers; and shall have the sole Power of Impeachment.

Section 3

The Senate of the United States shall be composed of two Senators from each State, chosen by the Legislature thereof [Modified by Amendment XVII], for six Years; and each Senator shall have one Vote.

Immediately after they shall be assembled in Consequence of the first Election, they shall be divided as equally as may be into three Classes. The Seats of the Senators of the first Class shall be vacated at the Expiration of the second Year, of the second Class at the Expiration of the fourth Year, and of the third Class at the Expiration of the sixth Year, so that one third may be chosen every second Year; and if Vacancies happen by Resignation, or otherwise, during the Recess of the Legislature of any State, the Executive thereof may make temporary Appointments until the next Meeting of the Legislature, which shall then fill such Vacancies [Modified by Amendment XVII].

No Person shall be a Senator who shall not have attained to the Age of thirty Years, and been nine Years a Citizen of the United States, and who shall not, when elected, be an Inhabitant of that State for which he shall be chosen.

The Vice President of the United States shall be President of the Senate, but shall have no Vote, unless they be equally divided.

The Senate shall chuse their other Officers, and also a President pro tempore, in the Absence of the Vice President, or when he shall exercise the Office of President of the United States.

The Senate shall have the sole Power to try all Impeachments. When sitting for that Purpose, they shall be on Oath or Affirmation. When the President of the United States is tried, the Chief Justice shall preside: And no Person shall be convicted without the Concurrence of two thirds of the Members present.

Judgment in Cases of Impeachment shall not extend further than to removal from Office, and disqualification to hold and enjoy any Office of honor, Trust or Profit under the United States: but the Party convicted shall nevertheless be liable and subject to Indictment, Trial, Judgment and Punishment, according to Law.

Section 4

The Times, Places and Manner of holding Elections for Senators and Representatives, shall be prescribed in each State by the Legislature thereof; but the Congress may at any time by Law make or alter such Regulations, except as to the Places of chusing Senators.

The Congress shall assemble at least once in every Year, and such Meeting shall be on the first Monday in December [Modified by Amendment XX], unless they shall by Law appoint a different Day.

Section 5

Each House shall be the Judge of the Elections, Returns and Qualifications of its own Members, and a Majority of each shall constitute a Quorum to do Business; but a smaller Number may adjourn from day to day, and may be authorized to compel the Attendance of absent Members, in such Manner, and under such Penalties as each House may provide.

Each House may determine the Rules of its Proceedings, punish its Members for disorderly Behaviour, and, with the Concurrence of two thirds, expel a Member.

Each House shall keep a Journal of its Proceedings, and from time to time publish the same, excepting such Parts as may in their Judgment require Secrecy;

and the Yeas and Nays of the Members of either House on any question shall, at the Desire of one fifth of those Present, be entered on the Journal.

Neither House, during the Session of Congress, shall, without the Consent of the other, adjourn for more than three days, nor to any other Place than that in which the two Houses shall be sitting.

Section 6

The Senators and Representatives shall receive a Compensation for their Services, to be ascertained by Law, and paid out of the Treasury of the United States. They shall in all Cases, except Treason, Felony and Breach of the Peace, be privileged from Arrest during their Attendance at the Session of their respective Houses, and in going to and returning from the same; and for any Speech or Debate in either House, they shall not be questioned in any other Place.

No Senator or Representative shall, during the Time for which he was elected, be appointed to any civil Office under the Authority of the United States, which shall have been created, or the Emoluments whereof shall have been encreased during such time; and no Person holding any Office under the United States, shall be a Member of either House during his Continuance in Office.

Section 7

All Bills for raising Revenue shall originate in the House of Representatives; but the Senate may propose or concur with Amendments as on other Bills.

Every Bill which shall have passed the House of Representatives and the Senate, shall, before it become a Law, be presented to the President of the United States: If he approve he shall sign it, but if not he shall return it, with his Objections to that House in which it shall have originated, who shall enter the Objections at large on their Journal, and proceed to reconsider it. If after such Reconsideration two thirds of that House shall agree to pass the Bill, it shall be sent, together with the Objections, to the other House, by which it shall likewise be reconsidered, and if approved by two thirds of that House, it shall become a Law. But in all such Cases the Votes of both Houses shall be determined by yeas and Nays, and the Names of the Persons voting for and against the Bill shall be entered on the Journal of each House respectively. If any Bill shall not be returned by the President within ten Days (Sundays excepted) after it shall have been presented to him, the Same shall be a Law, in like Manner as if he had signed it, unless the Congress by their Adjournment prevent its Return, in which Case it shall not be a Law.

Every Order, Resolution, or Vote to which the Concurrence of the Senate and House of Representatives may be necessary (except on a question of Adjournment) shall be presented to the President of the United States; and before the Same shall take Effect, shall be approved by him, or being disapproved by him, shall be repassed by two thirds of the Senate and House of Representatives, according to the Rules and Limitations prescribed in the Case of a Bill.

Section 8

The Congress shall have Power To lay and collect Taxes, Duties, Imposts and Excises, to pay the Debts and provide for the common Defence and general Welfare of the United States; but all Duties, Imposts and Excises shall be uniform throughout the United States;

To borrow Money on the credit of the United States;

To regulate Commerce with foreign Nations, and among the several States, and with the Indian Tribes;

To establish an uniform Rule of Naturalization, and uniform Laws on the subject of Bankruptcies throughout the United States;

To coin Money, regulate the Value thereof, and of foreign Coin, and fix the Standard of Weights and Measures;

To provide for the Punishment of counterfeiting the Securities and current Coin of the United States;

To establish Post Offices and post Roads;

To promote the Progress of Science and useful Arts, by securing for limited Times to Authors and nventors the exclusive Right to their respective Writings and Discoveries;

To constitute Tribunals inferior to the supreme Court;

To define and punish Piracies and Felonies committed on the high Seas, and Offences against the Law of Nations;

To declare War, grant Letters of Marque and Reprisal, and make Rules concerning Captures on Land and Water;

To raise and support Armies, but no Appropriation of Money to that Use shall be for a longer Term than two Years;

To provide and maintain a Navy;

To make Rules for the Government and Regulation of the land and naval Forces;

To provide for calling forth the Militia to execute the Laws of the Union, suppress Insurrections and repel Invasions;

To provide for organizing, arming, and disciplining, the Militia, and for governing such Part of them as may be employed in the Service of the United States, reserving to the States respectively, the Appointment of the Officers, and the Authority of training the Militia according to the discipline prescribed by Congress;

To exercise exclusive Legislation in all Cases whatsoever, over such District (not exceeding ten Miles square) as may, by Cession of particular States, and the Acceptance of Congress, become the Seat of the Government of the United States, and to exercise like Authority over all Places purchased by the Consent of the Legislature of the State in which the Same shall be, for the Erection of Forts, Magazines, Arsenals, dock-Yards, and other needful Buildings;--And

To make all Laws which shall be necessary and proper for carrying into Execution the foregoing Powers, and all other Powers vested by this Constitution in the Government of the United States, or in any Department or Officer thereof.

Section 9

The Migration or Importation of such Persons as any of the States now existing shall think proper to admit, shall not be prohibited by the Congress prior to the Year one thousand eight hundred and eight, but a Tax or duty may be imposed on such Importation, not exceeding ten dollars for each Person.

The Privilege of the Writ of Habeas Corpus shall not be suspended, unless when in Cases of Rebellion or Invasion the public Safety may require it.

No Bill of Attainder or ex post facto Law shall be passed.

No Capitation, or other direct, Tax shall be laid, unless in Proportion to the Census or Enumeration herein before directed to be taken.

No Tax or Duty shall be laid on Articles exported from any State.

No Preference shall be given by any Regulation of Commerce or Revenue to the Ports of one State over those of another; nor shall Vessels bound to, or from, one State, be obliged to enter, clear, or pay Duties in another.

No Money shall be drawn from the Treasury, but in Consequence of Appropriations made by Law; and a regular Statement and Account of the Receipts and Expenditures of all public Money shall be published from time to time.

No Title of Nobility shall be granted by the United States: And no Person holding any Office of Profit or Trust under them, shall, without the Consent of the Congress, accept of any present, Emolument, Office, or Title, of any kind whatever, from any King, Prince, or foreign State.

Section 10

No State shall enter into any Treaty, Alliance, or Confederation; grant Letters of Marque and Reprisal; coin Money; emit Bills of Credit; make any Thing but gold and silver Coin a Tender in Payment of Debts; pass any Bill of Attainder, ex post facto Law, or Law impairing the Obligation of Contracts, or grant any Title of Nobility.

No State shall, without the Consent of the Congress, lay any Imposts or Duties on Imports or Exports, except what may be absolutely necessary for executing it' s inspection Laws; and the net Produce of all Duties and Imposts, laid by any State on Imports or Exports, shall be for the Use of the Treasury of the United States; and all such Laws shall be subject to the Revision and Controul of the Congress.

No State shall, without the Consent of Congress, lay any Duty of Tonnage, keep Troops, or Ships of War in time of Peace, enter into any Agreement or Compact with another State, or with a foreign Power, or engage in War, unless actually invaded, or in such imminent Danger as will not admit of delay.

Article II

Section 1

The executive Power shall be vested in a President of the United States of America. He shall hold his Office during the Term of four Years, and, together with the Vice President, chosen for the same Term, be elected, as follows:

Each State shall appoint, in such Manner as the Legislature thereof may direct, a Number of Electors, equal to the whole Number of Senators and Representatives to which the State may be entitled in the Congress: but no Senator or Representative, or Person holding an Office of Trust or Profit under the United States, shall be appointed an Elector.

The Electors shall meet in their respective States, and vote by Ballot for two Persons, of whom one at least shall not be an Inhabitant of the same State with themselves. And they shall make a List of all the Persons voted for, and of the Number of Votes for each; which List they shall sign and certify, and transmit sealed to the Seat of the Government of the United States, directed to the President of the Senate. The President of the Senate shall, in the Presence of the Senate and House of Representatives, open all the Certificates, and the Votes shall then be counted. The Person having the greatest Number of Votes shall be the President, if such Number be a Majority of the whole Number of Electors appointed; and if there be more than one who have such Majority, and have an equal Number of Votes, then the House of Representatives shall immediately chuse by Ballot one of them for President; and if no Person have a Majority, then from the five highest on the List the said House shall in like Manner chuse the President. But in chusing the President, the Votes shall be taken by States, the Representation from each State having one Vote; a quorum for this Purpose shall consist of a Member or Members from two thirds of the States, and a Majority of all the States shall be necessary to a Choice. In every Case, after the Choice of the President, the Person having the greatest Number of Votes of the Electors shall be the Vice President. But if there should remain two or more who have equal Votes, the Senate shall chuse from them by Ballot the Vice President [Modified by Amendment XII].

The Congress may determine the Time of chusing the Electors, and the Day on which they shall give their Votes; which Day shall be the same throughout the United States.

No Person except a natural born Citizen, or a Citizen of the United States, at the time of the Adoption of this Constitution, shall be eligible to the Office of President; neither shall any Person be eligible to that Office who shall not have attained to the Age of thirty five Years, and been fourteen Years a Resident within the United States.

In Case of the Removal of the President from Office, or of his Death, Resignation, or Inability to discharge the Powers and Duties of the said Office, the Same shall devolve on the Vice President, and the Congress may by Law provide for the Case of Removal, Death, Resignation or Inability, both of the President and Vice President, declaring what Officer shall then act as President, and such Officer shall act accordingly, until the Disability be removed, or a President shall be elected [Modified by Amendment XXV].

The President shall, at stated Times, receive for his Services, a Compensation, which shall neither be increased nor diminished during the Period for which he shall have been elected, and he shall not receive within that Period any other Emolument from the United States, or any of them.

Before he enter on the Execution of his Office, he shall take the following Oath or Affirmation:--"I do solemnly swear (or affirm) that I will faithfully execute the Office of President of the United States, and will to the best of my Ability, preserve, protect and defend the Constitution of the United States."

Section 2

The President shall be Commander in Chief of the Army and Navy of the United States, and of the Militia of the several States, when called into the actual Service of the United States; he may require the Opinion, in writing, of the principal Officer in each of the executive Departments, upon any Subject relating to the Duties of their respective Offices, and he shall have Power to grant Reprieves and Pardons for Offences against the United States, except in Cases of Impeachment.

He shall have Power, by and with the Advice and Consent of the Senate, to make Treaties, provided two thirds of the Senators present concur; and he shall nominate, and by and with the Advice and Consent of the Senate, shall appoint Ambassadors, other public Ministers and Consuls, Judges of the supreme Court, and all other Officers of the United States, whose Appointments are not herein otherwise provided for, and which shall be established by Law: but the Congress may by Law vest the Appointment of such inferior Officers, as they think proper, in the President alone, in the Courts of Law, or in the Heads of Departments.

The President shall have Power to fill up all Vacancies that may happen during the Recess of the Senate, by granting Commissions which shall expire at the End of their next Session.

Section 3

He shall from time to time give to the Congress Information of the State of the Union, and recommend to their Consideration such Measures as he shall judge necessary and expedient; he may, on extraordinary Occasions, convene both Houses, or either of them, and in Case of Disagreement between them, with Respect to the Time of Adjournment, he may adjourn them to such Time as he shall think proper; he shall receive Ambassadors and other public Ministers; he shall take Care that the Laws be faithfully executed, and shall Commission all the Officers of the United States.

Section 4

The President, Vice President and all civil Officers of the United States, shall be removed from Office on Impeachment for, and Conviction of, Treason, Bribery, or other high Crimes and Misdemeanors.

Article III

Section 1

The judicial Power of the United States shall be vested in one supreme Court, and in such inferior Courts as the Congress may from time to time ordain and establish. The Judges, both of the supreme and inferior Courts, shall hold their Offices during good Behaviour, and shall, at stated Times, receive for their Services a Compensation, which shall not be diminished during their Continuance in Office.

Section 2

The judicial Power shall extend to all Cases, in Law and Equity, arising under this Constitution, the Laws of the United States, and Treaties made, or which shall be made, under their Authority;--to all Cases affecting Ambassadors, other public Ministers and Consuls;--to all Cases of admiralty and maritime Jurisdiction;--to Controversies to which the United States shall be a Party;--to Controversies between two or more States;--between a State and Citizens of another State [Modified by Amendment XI];--between Citizens of different States;--between Citizens of the same State claiming Lands under Grants of different States, and between a State, or the Citizens thereof, and foreign States, Citizens or Subjects.

In all Cases affecting Ambassadors, other public Ministers and Consuls, and those in which a State shall be Party, the supreme Court shall have original Jurisdiction. In all the other Cases before mentioned, the supreme Court shall have appellate Jurisdiction, both as to Law and Fact, with such Exceptions, and under such Regulations as the Congress shall make.

The Trial of all Crimes, except in Cases of Impeachment, shall be by Jury; and such Trial shall be held in the State where the said Crimes shall have been committed; but when not committed within any State, the Trial shall be at such Place or Places as the Congress may by Law have directed.

Section 3

Treason against the United States shall consist only in levying War against them, or in adhering to their Enemies, giving them Aid and Comfort. No Person shall be convicted of Treason unless on the Testimony of two Witnesses to the same overt Act, or on Confession in open Court.

The Congress shall have Power to declare the Punishment of Treason, but no

Attainder of Treason shall work Corruption of Blood, or Forfeiture except during the Life of the Person attainted.

Article IV

Section 1
Full Faith and Credit shall be given in each State to the public Acts, Records, and judicial Proceedings of every other State. And the Congress may by general Laws prescribe the Manner in which such Acts, Records and Proceedings shall be proved, and the Effect thereof.

Section 2
The Citizens of each State shall be entitled to all Privileges and Immunities of Citizens in the several States.

A Person charged in any State with Treason, Felony, or other Crime, who shall flee from Justice, and be found in another State, shall on Demand of the executive Authority of the State from which he fled, be delivered up, to be removed to the State having Jurisdiction of the Crime.

No Person held to Service or Labour in one State, under the Laws thereof, escaping into another, shall, in Consequence of any Law or Regulation therein, be discharged from such Service or Labour, but shall be delivered up on Claim of the Party to whom such Service or Labour may be due [Modified by Amendment XIII].

Section 3
New States may be admitted by the Congress into this Union; but no new State shall be formed or erected within the Jurisdiction of any other State; nor any State be formed by the Junction of two or more States, or Parts of States, without the Consent of the Legislatures of the States concerned as well as of the Congress.

The Congress shall have Power to dispose of and make all needful Rules and Regulations respecting the Territory or other Property belonging to the United

States; and nothing in this Constitution shall be so construed as to Prejudice any Claims of the United States, or of any particular State.

Section 4

The United States shall guarantee to every State in this Union a Republican Form of Government, and shall protect each of them against Invasion; and on Application of the Legislature, or of the Executive (when the Legislature cannot be convened), against domestic Violence.

Article V

The Congress, whenever two thirds of both Houses shall deem it necessary, shall propose Amendments to this Constitution, or, on the Application of the Legislatures of two thirds of the several States, shall call a Convention for proposing Amendments, which, in either Case, shall be valid to all Intents and Purposes, as Part of this Constitution, when ratified by the Legislatures of three fourths of the several States, or by Conventions in three fourths thereof, as the one or the other Mode of Ratification may be proposed by the Congress; Provided that no Amendment which may be made prior to the Year One thousand eight hundred and eight shall in any Manner affect the first and fourth Clauses in the Ninth Section of the first Article; and that no State, without its Consent, shall be deprived of its equal Suffrage in the Senate [Possibly abrogated by Amendment XVII].

Article VI

All Debts contracted and Engagements entered into, before the Adoption of this Constitution, shall be as valid against the United States under this Constitution, as under the Confederation.

This Constitution, and the Laws of the United States which shall be made in

Pursuance thereof; and all Treaties made, or which shall be made, under the Authority of the United States, shall be the supreme Law of the Land; and the Judges in every State shall be bound thereby, any Thing in the Constitution or Laws of any State to the Contrary notwithstanding.

The Senators and Representatives before mentioned, and the Members of the several State Legislatures; and all executive and judicial Officers, both of the United States and of the several States, shall be bound by Oath or Affirmation, to support this Constitution; but no religious Test shall ever be required as a Qualification to any Office or public Trust under the United States.

Article VII

The Ratification of the Conventions of nine States, shall be sufficient for the Establishment of this Constitution between the States so ratifying the Same.

Done in Convention by the Unanimous Consent of the States present the Seventeenth Day of September in the Year of our Lord one thousand seven hundred and Eighty seven and of the Independence of the United States of America the Twelfth In witness whereof We have hereunto subscribed our Names · · · · · · ·

Amendment

Amendment I

Congress shall make no law respecting an establishment of religion, or prohibiting the free exercise thereof; or abridging the freedom of speech, or of the press; or the right of the people peaceably to assemble, and to petition the government for a redress of grievances.

Amendment II

A well regulated militia, being necessary to the security of a free state, the right of the people to keep and bear arms, shall not be infringed.

Amendment III

No soldier shall, in time of peace be quartered in any house, without the consent of the owner, nor in time of war, but in a manner to be prescribed by law.

Amendment IV

The right of the people to be secure in their persons, houses, papers, and effects, against unreasonable searches and seizures, shall not be violated, and no warrants shall issue, but upon probable cause, supported by oath or affirmation, and particularly describing the place to be searched, and the persons or things to be seized.

Amendment V

No person shall be held to answer for a capital, or otherwise infamous crime, unless on a presentment or indictment of a grand jury, except in cases arising in the land or naval forces, or in the militia, when in actual service in time of war or public danger; nor shall any person be subject for the same offense to be twice put in jeopardy of life or limb; nor shall be compelled in any criminal case to be a witness against himself, nor be deprived of life, liberty, or property, without due process of law; nor shall private property be taken for public use, without just compensation.

Amendment VI

In all criminal prosecutions, the accused shall enjoy the right to a speedy and public trial, by an impartial jury of the state and district wherein the crime shall have been committed, which district shall have been previously ascertained by law, and to be informed of the nature and cause of the accusation; to be confronted with the witnesses against him; to have compulsory process for obtaining witnesses in his favor, and to have the assistance of counsel for his defense.

Amendment VII

In suits at common law, where the value in controversy shall exceed twenty dollars, the right of trial by jury shall be preserved, and no fact tried by a jury, shall be otherwise reexamined in any court of the United States, than according to the rules of the common law.

Amendment VIII

Excessive bail shall not be required, nor excessive fines imposed, nor cruel and unusual punishments inflicted.

Amendment IX

The enumeration in the Constitution, of certain rights, shall not be construed to deny or disparage others retained by the people.

Amendment X

The powers not delegated to the United States by the Constitution, nor prohibited by it to the states, are reserved to the states respectively, or to the people.

Amendment XI

The judicial power of the United States shall not be construed to extend to any suit in law or equity, commenced or prosecuted against one of the United States by citizens of another state, or by citizens or subjects of any foreign state.

Amendment XII

The electors shall meet in their respective states and vote by ballot for President and Vice-President, one of whom, at least, shall not be an inhabitant of the same state with themselves; they shall name in their ballots the person voted for as President, and in distinct ballots the person voted for as Vice-President, and they shall make distinct lists of all persons voted for as President, and of all persons voted for as Vice-President, and of the number of votes for each, which lists they shall sign and certify, and transmit sealed to the seat of the government of the United States, directed to the President of the Senate;--The President of the Senate shall, in the presence of the Senate and House of Representatives, open all the certificates and the votes shall then be counted;--the person having the greatest number of votes for President, shall be the President, if such number be a majority of the whole number of electors appointed; and if no person have such majority, then from the persons having the highest numbers not exceeding three on the list of those voted for as President, the House of Representatives shall choose immediately, by ballot, the President. But in choosing the President, the votes shall be taken by states, the representation from each state having one vote; a quorum for this purpose shall consist of a member or members from two-thirds of the states, and a majority of all the states shall be necessary to a choice. And if the House of Representatives shall not choose a President whenever the right of choice shall devolve upon them, before the fourth day of March next following, then the Vice-President shall act as President, as in the case of the death or other constitutional disability of the President. The person having the greatest number of votes as Vice-President, shall be the Vice-President, if such number be a majority of the whole number of electors appointed, and if no person have a majority, then from the two highest numbers on the list, the Senate shall choose the Vice-President; a quorum for the purpose shall consist of two-thirds of the whole number of Senators, and a majority of the whole number shall be necessary to a choice. But no person constitutionally ineligible to the office of President shall be eligible to that of Vice-President of the United States.

Amendment XIII

Section 1

Neither slavery nor involuntary servitude, except as a punishment for crime whereof the party shall have been duly convicted, shall exist within the United States, or any place subject to their jurisdiction.

Section 2

Congress shall have power to enforce this article by appropriate legislation.

Amendment XIV

Section 1

All persons born or naturalized in the United States, and subject to the jurisdiction thereof, are citizens of the United States and of the state wherein they reside. No state shall make or enforce any law which shall abridge the privileges or immunities of citizens of the United States; nor shall any state deprive any person of life, liberty, or property, without due process of law; nor deny to any person within its jurisdiction the equal protection of the laws.

Section 2

Representatives shall be apportioned among the several states according to their respective numbers, counting the whole number of persons in each state, excluding Indians not taxed. But when the right to vote at any election for the choice of electors for President and Vice President of the United States, Representatives in Congress, the executive and judicial officers of a state, or the members of the legislature thereof, is denied to any of the male inhabitants of such state, being twenty-one years of age, and citizens of the United States, or in any way abridged, except for participation in rebellion, or other crime, the basis of representation therein shall be reduced in the proportion which the number of such male citizens shall bear to the whole number of male citizens twenty-one years of age in such state.

Section 3

No person shall be a Senator or Representative in Congress, or elector of President and Vice President, or hold any office, civil or military, under the United States, or under any state, who, having previously taken an oath, as a member of Congress, or as an officer of the United States, or as a member of any state legislature, or as an executive or judicial officer of any state, to support the Constitution of the United States, shall have engaged in insurrection or rebellion against the same, or given aid or comfort to the enemies thereof. But Congress may by a vote of two-thirds of each House, remove such disability.

Section 4

The validity of the public debt of the United States, authorized by law, including debts incurred for payment of pensions and bounties for services in suppressing insurrection or rebellion, shall not be questioned. But neither the United States nor any state shall assume or pay any debt or obligation incurred in aid of insurrection or rebellion against the United States, or any claim for the loss or emancipation of any slave; but all such debts, obligations and claims shall be held illegal and void.

Section 5

The Congress shall have power to enforce, by appropriate legislation, the provisions of this article.

Amendment XV

Section 1

The right of citizens of the United States to vote shall not be denied or abridged by the United States or by any state on account of race, color, or previous condition of servitude.

Section 2

The Congress shall have power to enforce this article by appropriate legislation.

Amendment XVI

The Congress shall have power to lay and collect taxes on incomes, from whatever source derived, without apportionment among the several states, and without regard to any census or enumeration.

Amendment XVI

The Senate of the United States shall be composed of two Senators from each state, elected by the people thereof, for six years; and each Senator shall have one vote. The electors in each state shall have the qualifications requisite for electors of the most numerous branch of the state legislatures.

When vacancies happen in the representation of any state in the Senate, the executive authority of such state shall issue writs of election to fill such vacancies: Provided, that the legislature of any state may empower the executive thereof to make temporary appointments until the people fill the vacancies by election as the legislature may direct.

This amendment shall not be so construed as to affect the election or term of any Senator chosen before it becomes valid as part of the Constitution.

Amendment XVIII

Section 1

After one year from the ratification of this article the manufacture, sale, or transportation of intoxicating liquors within, the importation thereof into, or the exportation thereof from the United States and all territory subject to the jurisdiction thereof for beverage purposes is hereby prohibited.

Section 2

The Congress and the several states shall have concurrent power to enforce this article by appropriate legislation.

Section 3

This article shall be inoperative unless it shall have been ratified as an amendment to the Constitution by the legislatures of the several states, as provided in the Constitution, within seven years from the date of the submission hereof to the states by the Congress.

Amendment XIX

The right of citizens of the United States to vote shall not be denied or abridged by the United States or by any state on account of sex.

Congress shall have power to enforce this article by appropriate legislation.

Amendment XX

Section 1

The terms of the President and Vice President shall end at noon on the 20th day of January, and the terms of Senators and Representatives at noon on the 3d day of January, of the years in which such terms would have ended if this article had not been ratified; and the terms of their successors shall then begin.

Section 2

The Congress shall assemble at least once in every year, and such meeting shall begin at noon on the 3d day of January, unless they shall by law appoint a different day.

Section 3

If, at the time fixed for the beginning of the term of the President, the President elect shall have died, the Vice President elect shall become President. If a President shall not have been chosen before the time fixed for the beginning of his term, or if the President elect shall have failed to qualify, then the Vice President elect shall act as President until a President shall have qualified; and the Congress may by law provide for the case wherein neither a President elect nor a Vice President elect shall have qualified, declaring who shall then act as President, or the manner in which one who is to act shall be selected, and such person shall act accordingly until a President or Vice President shall have qualified.

Section 4

The Congress may by law provide for the case of the death of any of the persons from whom the House of Representatives may choose a President whenever the right of choice shall have devolved upon them, and for the case of the death of any of the persons from whom the Senate may choose a Vice President whenever the right of choice shall have devolved upon them.

Section 5

Sections 1 and 2 shall take effect on the 15th day of October following the ratification of this article.

Section 6

This article shall be inoperative unless it shall have been ratified as an amendment to the Constitution by the legislatures of three-fourths of the several states within seven years from the date of its submission.

Amendment XXI

Section 1

The eighteenth article of amendment to the Constitution of the United States is hereby repealed.

Section 2

The transportation or importation into any state, territory, or possession of the United States for delivery or use therein of intoxicating liquors, in violation of the laws thereof, is hereby prohibited.

Section 3

This article shall be inoperative unless it shall have been ratified as an amendment to the Constitution by conventions in the several states, as provided in the Constitution, within seven years from the date of the submission hereof to the states by the Congress.

Amendment XXII
Section 1

No person shall be elected to the office of the President more than twice, and no person who has held the office of President, or acted as President, for more than two years of a term to which some other person was elected President shall be elected to the office of the President more than once. But this article shall not apply to any person holding the office of President when this article was proposed by the Congress, and shall not prevent any person who may be holding the office of President, or acting as President, during the term within which this article becomes operative from holding the office of President or acting as President during the remainder of such term.

Section 2

This article shall be inoperative unless it shall have been ratified as an amendment to the Constitution by the legislatures of three-fourths of the several states within seven years from the date of its submission to the states by the Congress.

Amendment XXIII
Section 1

The District constituting the seat of government of the United States shall appoint in such manner as the Congress may direct:

A number of electors of President and Vice President equal to the whole number of Senators and Representatives in Congress to which the District would be entitled if it were a state, but in no event more than the least populous state; they shall be in addition to those appointed by the states, but they shall be considered, for the purposes of the election of President and Vice President, to be electors appointed by a state; and they shall meet in the District and perform such duties as provided by the twelfth article of amendment.

Section 2

The Congress shall have power to enforce this article by appropriate legislation.

Amendment XXIV

Section 1

The right of citizens of the United States to vote in any primary or other election for President or Vice President, for electors for President or Vice President, or for Senator or Representative in Congress, shall not be denied or abridged by the United States or any state by reason of failure to pay any poll tax or other tax.

Section 2

The Congress shall have power to enforce this article by appropriate legislation.

Amendment XXV

Section 1

In case of the removal of the President from office or of his death or resignation, the Vice President shall become President.

Section 2

Whenever there is a vacancy in the office of the Vice President, the President shall nominate a Vice President who shall take office upon confirmation by a majority vote of both Houses of Congress.

Section 3

Whenever the President transmits to the President pro tempore of the Senate and the Speaker of the House of Representatives his written declaration that he is unable to discharge the powers and duties of his office, and until he transmits to them a written declaration to the contrary, such powers and duties shall be discharged by the Vice President as Acting President.

Section 4

Whenever the Vice President and a majority of either the principal officers of the executive departments or of such other body as Congress may by law provide, transmit to the President pro tempore of the Senate and the Speaker of the House of Representatives their written declaration that the President is unable to discharge the powers and duties of his office, the Vice President shall immediately assume the powers and duties of the office as Acting President.

Thereafter, when the President transmits to the President pro tempore of the Senate and the Speaker of the House of Representatives his written declaration that no inability exists, he shall resume the powers and duties of his office unless the Vice President and a majority of either the principal officers of the executive department or of such other body as Congress may by law provide, transmit within four days to the President pro tempore of the Senate and the Speaker of the House of Representatives their written declaration that the President is unable to discharge the powers and duties of his office. Thereupon Congress shall decide the issue, assembling within forty-eight hours for that purpose if not in session. If the Congress, within twenty-one days after receipt of the latter written declaration, or, if Congress is not in session, within twenty-one days after Congress is required to assemble, determines by two-thirds vote of both Houses that the President is unable to discharge the powers and duties of his office, the Vice President shall continue to discharge the same as Acting President; otherwise, the President shall resume the powers and duties of his office.

Amendment XXVI

Section 1

The right of citizens of the United States, who are 18 years of age or older, to vote, shall not be denied or abridged by the United States or any state on account of age.

Section 2

The Congress shall have the power to enforce this article by appropriate legislation.

Amendment XXVII

No law, varying the compensation for the services of the Senators and Representatives, shall take effect, until an election of Representatives shall have intervened.